轻轻说声我爱你

Gently To Say I Love You

安晴 著

CNS PUBLISHING & MEDIA 中南出版传媒
湖南文艺出版社

图书在版编目（CIP）数据

轻轻说声我爱你 / 安晴著. -- 长沙 ：湖南文艺出版社，2012.11
ISBN 978-7-5404-5793-8

Ⅰ. ①轻… Ⅱ. ①安… Ⅲ. ①长篇小说－中国－当代 Ⅳ. ①I247.5

中国版本图书馆CIP数据核字(2012)第230168号

轻轻说声我爱你

安 晴 著

出 版 人：刘清华
策　　划：谢不周
责任编辑：唐明 张璐
湖南文艺出版社出版、发行
（长沙市雨花区东二环一段508号 邮编：410014）
网　　址：www.hnwy.net
湖南省新华书店经销
湖南画中画印刷有限公司印刷

*

2012年11月第1版第1次印刷
开　本：660mm×960mm　1/16　印　张：16
ISBN 978-7-5404-5793-8
定价：24.80元
邮购电话：0731-85983015

轻轻说声我爱你

Gently To Say I Love You

CONTENTS

目录

轻轻说声我爱你 Gently To Say I Love You

CONTENTS
目录

CHAPTER 1

第一章

弄脏我鞋子的人是她，与你一点关系都没有

酷暑，天空蓝得像被水洗过一样。

烈日当头，日光灼烤着繁华的城市。

即便是坐落在南方的沿海地区，街道两旁种着高大榕树的S市，也承受不住盛夏的烈日。

与日光亲密接触的地面上冒着丝丝热气，如果现在突然有一个鸡蛋掉在地上，也许会在几秒钟内被煎成六成熟的荷包蛋。

此时是下午两点，阳光最炽烈的时候，街道上的人少得可怜，红绿灯立在宽阔的十字路口中间，显得有些孤单。

路口的一家超市内，一位少女正站在收银台前，拿着手机专注地发短信。

她有一头乌黑的及肩长发，发梢调皮地翘了起来，刘海被一只蝴蝶结发卡别在了耳后，露出了光洁的额头。一双细长的眉毛下，灵动的眼睛闪烁着愉悦的光，搭配她那卷翘如同蝴蝶羽翼般的长睫毛，让人一看见就不由得赞美。

她微笑的时候，眼睛自然地弯成了月牙的形状，浅浅的梨涡在嘴角浮现，亲切得如同夏天里的一缕清风。

这样的女孩，即便是站在黑暗处，都如同纯白的天使般夺目。

一对年轻的男女推开门走进超市，上前礼貌地说：“打扰一下，我们想买冰激凌。”

少女赶紧收起手机，抬手指着不远处的冰箱：“冰激凌在靠里面的两个冰柜里，请随意挑选。”她的声音非常悦耳，就像在风中叮当作响的风铃声。

年轻男女朝她道谢之后，便朝着冰柜的方向走去。

看着客人的背影，少女低下头去，从抽屉里拿出手机将刚才编好的短信发送出去——小敏，今天是我做暑期工的最后一天，下班之后就能领到工资了。

没一会儿，手机震动了起来，屏幕上弹出一个信封的图标。

她迅速按了几下手机键盘，打开短信——林芷夏同学，身为你的邻居兼死党的我，祝贺你领到人生的第一份工资，并正式通知你，我已经做好了充分的准备，后天与你一同前往H市，在海洋公园里疯玩一天。收到短信无需感激涕零，只需顺路买一盒葡京蛋挞，亲自上门答谢便可。

看到好友的短信，林芷夏忍不住笑出声来，随即把手机放回抽屉里，继续勤快地工作起来。

太阳渐渐西斜。

天边飘着的几朵白云被夕阳染上了淡淡的橘色。

白天的热度稍稍消退，但榕树上的知了仍旧在欢快地叫着。

盛夏的风夹杂着热气轻拂着榕树，阳光穿透稀疏的枝叶，在地上画出点点光斑，并在风中不断变换着位置，随风摇曳着。

榕树下。

林芷夏把手上两个装得满满的垃圾袋塞进路边的垃圾桶中，接着掏出手机瞧了瞧屏幕上显示的时间——17:59。

哈哈，领工资去！

她的心情无比高兴，将手机放回口袋之后，她便一边哼着欢快的曲子，一边轻快地走回超市。

超市办公室内。

天花板上的吊扇嗡嗡地转动着，扇叶遮挡住昏暗的灯光，在墙壁上落下不断旋转的影子。

超市老板坐在办公桌后的椅子上，眯着眼睛审视着面前的女孩："芷夏，你今天就要离职了，我们超市少了你这样勤快的员工真是一大损失呢。"

"谢谢老板的夸赞，但是真的很抱歉，马上要开学了，我还是想以学业为重。"

"呵呵呵，重视学业固然是好事，不过，你不想在学习的同时赚点零花钱吗？"老板一边说着，一边绕过办公桌，将胖乎乎的手搭在了她的肩膀上。

他说话的语调十分诡异，加上突如其来的碰触，让林芷夏的脊背发凉，全身冒起了鸡皮疙瘩。

她下意识地侧身躲开老板的手，僵硬地笑道："谢谢老板的建议，我以后要是想打工赚钱，会再请你帮忙的。"说着，她佯装突然想起某件事情一样"啊"了一声，并说，"我跟朋友约了等下见面呢，时间就要到了，对不起，老板，你能不能……"

"干吗这么着急？"见她转身，老板立刻抓住她的手，"哎呀，你的手怎么这么冷？"

林芷夏这下才敢肯定，眼前这个让人反胃的家伙绝对是想趁机占她的便宜！

她猛地抽出自己的手，后退两步："对不起，我先走了……"

她的话还没有说完，老板已经起身站在办公室的门前，挡住了她的去路。

林芷夏望着眼前不怀好意的老板，脸色瞬间变得苍白，光洁的额头上冒出几滴冷汗，顺着她的额头滑下，落在地上。

天花板上的吊扇仍在嗡嗡作响，墙壁上那不断旋转着的影子就好像潜伏在暗处，不知道什么时候会跳出来的魔鬼一样可怕。

林芷夏双手攥成拳头，手心已经湿透了，她深吸了一口气，佯装镇定地冷声说道："请你让开！"

"芷夏，干吗突然这么生气？"然而老板似乎像吃定了她一样，非但没有因为她的冷淡而退缩，反而意图更加明显地朝她步步逼近，"我只是想给你指明一条财路而已。"

她咽了一下口水，害怕地往后退了几步，直到整个背部都贴在冰冷的墙壁上。

这时男人才停下脚步，眯着眼睛笑着说："如果你愿意，我会给你一份轻松的工作，那就是你只要在周末陪着我，我就会给你比在超市做三个月还要多的钱。"

说完，他把脸贴近她。

林芷夏惊慌失措地侧过脸，伸手推开他。

老板没料到她会反抗，被推得往后踉跄了几步，腰部一下子撞到了办公桌的桌沿。

桌子被撞得移动了几十厘米，桌脚跟地板摩擦发出刺耳的吱吱声，在安静的办公室里，这声音显得格外大。

看着从桌上散落下来的文件，老板的眼里冒出愤怒的火光。他扶着被撞疼的腰，收起脸上的笑意，怒容满面地瞪着她："小丫头，既然你这么不识好歹，那就别怪我不客气了！"

林芷夏望着朝自己走过来的男人，心里又急又怒。这个浑蛋，也不照照镜子！

哎，现在想这些没用的干什么？还是先想想怎么逃离这个家伙的魔掌吧！

想到这里，她立刻四处张望，想看看周围有没有可以拿来当武器的东西。

报纸？不行！

纸杯？不行！

两张白纸？还是不行！

天啊！

难道她今天就要在这个昏暗的办公室里，被这个该死的老色狼占尽便宜吗？

“你不用害怕，我的要求也不多，只要你让我亲亲你的小嘴，摸摸你的小手，等一下我就让小张在你的工资里面多加两百块钱，作为你今天听话的奖金。”

男人凑得越来越近，林芷夏感觉自己的喉咙仿佛被掐住了一般，无法呼吸。她缩着脖子，侧过脸，嘴巴紧紧地抿着，白皙的脸因为着急而涨得通红。

安静的办公室。

昏暗的灯光。

吊扇发出的嗡嗡声此时落在林芷夏的耳朵里，仿若雷鸣般，震得她头昏脑涨。

完蛋了！

“对不起，请问洗手间在哪里？”

门外突然传来礼貌的询问声。

老板被这个突如其来的声音吓了一跳，浑身一颤，他迅速转过身，慌张地望向门外。

林芷夏睁开眼睛，便看到一个身材挺拔的男生站在门口，脸上带着歉意的笑容，问：“那个，我是不是打扰到你们了？”

“你说呢？”老板压低了声音，不悦的表情仿佛在说“臭小子，别坏了老子的好事，快给我滚”。

可男生仿若没有看见一样，不好意思地挠了挠后脑勺：“抱歉，我不是故意的，希望你们能原谅。不过，我记得有个公共洗手间就在这附近，但是我找了好一阵子都没找到，你们能告诉我洗手间的准确方位吗？”

看着男生一脸“你要是不告诉我，我就不离开”的表情，老板虽然有些恼火，但是也只能压抑住心里的愤怒，沉声道：“出门左转，到尽头右转，你就能看到洗手间了。”

“大叔，你真是好人，谢谢你。”

老板以为男生这下该离开了，于是奸笑着回头看向林芷夏，没想到那男生右脚才迈出一步，又转过头来说：“啊……对不起，还要麻烦你们，刚才进来我绕了好几圈，已经有点糊涂了。大叔，看你这么英俊潇洒，气质优雅，肯定是这里的老板吧，不如让你身边的那位小姐给我带个路，好不好？”

他没等老板回答，便立刻朝发愣的林芷夏狡黠地眨了眨眼睛：“嘿，我想你应该不会拒绝一个可怜的迷路少年的请求吧。”

林芷夏这才反应过来这是一个很好的逃脱机会，于是大声地说道：“当然啦！”并快步走到男生的身边，“请跟我来。”

说完，她便迈开大步走在前头，男生也利落地转身跟在她的后面。两人走了几步，男生突然伸手抓住她的手臂，加快脚步带着她往外面跑去。

等超市老板反应过来追出来的时候，他们已经不见了踪影。

老板气得用手捶了一下墙壁：“该死的，煮熟的鸭子飞了！”

晚上七点。

街道上的热气逐渐消散，知了的叫声也比白天的时候小了一些。夜风轻轻吹过，街道两旁的树叶沙沙作响，和着虫鸣，像在演奏着盛夏的夜曲。

到了夜里，马路上的路灯、高楼大厦上的装饰灯、街道上的霓虹灯，如同夜空无数的星辰，笼罩着繁华的都市。

从超市顺利逃脱出来的林芷夏双手撑着自己的膝盖，弯着腰不停地喘气。

男生站在她的身旁，体贴地用手轻拍着她的后背，问道：“你没事吧？”

她点了点头，接着又摇了摇头。

她的反应让他觉得有些诧异，正要开口说话，没想到她突然蹲下身，用自己的双手抱住膝盖，把头埋进双臂中……最后，低沉的呜呜声从她的双臂中传出。

“诶？”他蹲在她的面前，将温暖的手掌放在她的头顶，轻轻地摸了一下她顺滑的发丝，“你还真是可爱，刚才在办公室里，被逼到墙角了都没有哭，怎么现在安全逃出来了反而哭起来了？”

说完，他抬头看了看四周，发现有的路人经过他们身边时，看他的眼神带着鄙夷，他忍不住尴尬地摸了摸自己的鼻子，说：“我说，你再哭下去，大家会以为我在大街上欺负女孩子。你不想让你的救命恩人被不知情的人当成坏蛋吧？”

他的声音温润好听，如同春天拂过麦穗的轻风，能在瞬间抚平人心里的伤痛。

“对不起，因为我刚才太紧张太害怕了，现在放松下来，反而忍不住哭出来了。”林芷夏停止哭泣，抬起头看着他。

此时，天空中的满月从薄云中探出，皎洁的月光照在男生的脸上，她这才看清了对方的长相。

他有一头乌黑的短发，在月色下泛着银色光泽，斜刘海乖巧地搭在额前，眉毛似剑却不见一丝锐利，他笑起来的时候，浓密卷翘的睫毛微微盖住了眼眸，却掩不住从他眼中散发出的柔亮光芒，挺直的鼻梁下，嘴角弯起的弧度仿若画家精心画出来的一般，一分不多一分不少。

这是一个如王子般俊美的少年。

林芷夏在心里郑重地为他下了定义，脸上泛起了淡淡的红晕。

“这一次就当买一个教训，以后不要跟陌生男人独处一室了。再说了，像你这么可爱的女孩子，总是特别危险的。”他朝她伸出手，扶着她一起起身，继续说道，“女孩子要学会保护自己，现在就让我来告诉你女孩子‘防狼’的三件贴身法宝吧。”

“法宝？”林芷夏不解地看着他。

男生认真地点了一下头，竖起右手食指，说：“第一，折叠雨伞。一把折叠雨伞非常重要且实用，首先折叠雨伞占用空间小，方便携带，不但晴雨天的时候可以使用，遇到色狼的时候也能够当棍子使。”

嗯，有道理。

林芷夏用赞同的眼神看着他。

他又竖起右手的中指，说：“第二，笔。笔相对于雨伞更加小巧玲珑易携带，它有尖锐的笔尖，用它对付色狼也非常方便。使用的方法不用我说你也应该懂的。”

林芷夏沉思了几秒，决定从明天开始，必须随身携带几支笔。

见他许久没有说话，她按捺不住心里的好奇，问道：“那第三样法宝呢？”

男生微笑着问：“你带手机了吗？”

她立刻从裙子的口袋里掏出手机，递到他的手里。

男生接过手机，捣鼓了一阵后，还给她，说：“第三，朋友。我叫云尚宇，住在这附近，以后如果你遇上什么坏蛋，可以随时打电话给我，我会在第一时间赶来帮你的。”

看着手机屏幕上显示的“云尚宇”三个字，林芷夏心里忍不住感动起来。

“谢谢你。”她把手机放回口袋中，“谢谢你帮助我脱困，如果不是你，我不知道会怎么样。有时间我一定请你吃饭，再郑重地答谢你。”

他轻轻地点了一下头，说：“你家住在哪里？我送你回去。”

她摇头，指着不远处的一栋建筑说：“我家很近，就在离这里一条街远的‘锦绣家园’，回去的路上灯火通明，人也不少，就不麻烦你了。”

她的话音刚刚落下，十字路口的红灯恰好闪烁了几下变成了绿灯。

林芷夏向云尚宇说了“再见”之后，便沿着斑马线，小跑着离开了。

云尚宇望着她离去的背影半晌才转身离去。

刚走几步，他便听到身后传来一个喊着“云尚宇”的声音，他转过头，看见她站在马路对面，拿着手机朝他挥手，并用另一只手指着手机。

他拿出自己手机的同时，手机震动了几下，屏幕上跳出一个黄色的信封图标。

他打开信息——很高兴与你成为朋友，我叫林芷夏。

看着手机屏幕上俏皮的笑脸，云尚宇忍不住勾起嘴角，笑着抬头看向马路对面，轻声地念着："林芷夏。"

隔着宽阔的马路，来往的车辆偶尔挡住他们的视线，霓虹灯忽明忽暗，映照着他们的脸。

林芷夏迎上他的目光，朝他露出一个灿烂的笑容。

这真是一个如同向日葵般开朗，可是又不会让人觉得太过热情，反而让人不自觉便喜欢的女孩子。

这么说来，她和曜刚好是相反的类型呢。

第二天。

"林芷夏，你告诉我，你到底是傻，是傻，还是傻啊？"

炎炎夏日，市中心依旧热闹非凡，冷饮店前更是挤满了人，所有人都侧目看向那个站在人流中央，用喇叭一样的大嗓门嚷嚷的女生，纷纷自动退避三舍。

林芷夏却因为两手拿着两杯超大的柠檬茶，无法捂住自己的耳朵，所以只能皱着眉忍受着耳膜差点被震破的痛苦，低头听着好友的怒吼。

"遇见这种坏蛋，你就应该第一时间踹得他不能生育才对！好吧，就算你不像我李敏一样勇猛，但是至少在你安全逃脱的时候，也应该顺便带走你的工资啊！"她说着，顺手拿起林芷夏手中的柠檬茶，愤愤地吸了一口，"差点被老板非礼，还傻傻地把工资落在他那里了，我真是快被你气死了！"

林芷夏尴尬地用眼角瞟了瞟四周，发现路人都在盯着她看，更加不好意思地低下了头。

李敏见她一脸委屈，眼睛微微有些泛红，觉得自己的语气确实也重了一些，便在心里告诉自己“要冷静”，并长长地吐了一口气。

“走吧。”

突然被好友牵着手朝马路边走去，林芷夏诧异地问：“去哪里？”

李敏忍不住对她翻了一个白眼，用杯底敲了敲她的脑袋，说：“这还用问吗？当然是去你打工的那家超市帮你把工资要回来！”

“小敏！”林芷夏感动得差点就要亲自喂她喝饮料，以此聊表她心中的感激，“我能够有你这样‘勇猛’又豪爽的朋友，真的是我八辈子修来的福分！”

李敏的嘴角无奈地抽动了两下，低声道：“我能有你这么傻里傻气的朋友，绝对不是你八辈子修来的福分，肯定是我欠了你八辈子的债，这一辈子是来还债的。”

“嗯？”

见林芷夏歪着脑袋，一脸不解地看着自己，李敏又叹了一口气：“没什么，叫出租车吧。”

“小敏，干吗打车啊？好贵的！”

“你是真的傻了吗？这种时候你还想悠闲地等公交车，让公交车载着我们绕完整个S市市区，再去超市讨工资吗？就算你愿意，我也要十分抱歉地告诉你，我现在气得要爆炸了，恨不得下一秒就冲到超市找那个浑蛋老板算账！”

“好啦，你不要生气啦，喝口柠檬茶消消火，乖——”

林芷夏一边不着调地哄着气得不停跺脚的李敏，一边招手叫了一辆出租车。

坐在出租车上，李敏的气才消了一些。

她咬着吸管，埋怨道：“真不知道你为什么要这么节俭，明明叔叔阿姨每个月都给你汇了那么多生活费。好不容易放了暑假，你偏偏要选择去打工，还遇上了不良的老板，差点被非礼，你觉得值得吗？”

“虽然我爸妈每个月给了我很多生活费，可这些钱是他们每天在外面辛辛苦苦地工作赚回来的。他们这么辛苦，我当然要节俭一点，必要的日常开销已经花去很多了，反正暑假又没事，花自己赚来的钱去旅游会更加开心的。”林芷夏笑着说道。

她微笑的时候，眼睛弯成了月牙状，眼睛在日光下闪烁着光芒，就连嘴边的梨涡也像盛满了灿烂的日光一样，耀眼得让人睁不开眼。

李敏无奈地用手指揉着自己不断跳动的太阳穴，试图缓解被好友刺激而引起的头疼。

其实自己刚才不断发火，是因为这个朋友实在太笨了。从小到大，芷夏没有一次让她省过心。

芷夏这丫头，倒不是真的像她说的那样傻乎乎的，相反，芷夏非常聪明，每次考试放榜，顺着长长的光荣榜从上往下看，总能很快找到芷夏的名字。

但是，这个朋友有个缺点，就是爱心泛滥，并且不会自我保护。

小时候，芷夏在路上碰见流浪的小猫小狗，即使被那些小动物抓得一手的伤，也还是会每天偷偷地带东西给它们吃，还有一次她拿饭菜给扮成乞丐的人贩子吃，结果差点被拐骗。

要不是她李敏知道这个住在她隔壁的女孩子脑子里少根筋，一直在她的身边保护她，她也许早就被人贩子拐卖了。

虽然对她来说，芷夏是个大麻烦，但她仍喜欢像芷夏这样内心像水晶般干净透明的女生。不要说她李敏这样勇猛豪迈的女孩子了，哪怕是一座冰山，也会被芷夏融化吧。

下午，超市里只有一两个客人在挑选商品，偌大的空间里安静得能听见中央空调运作时发出的嗡嗡声，还有收银台前的女员工按着手机按键发出来的嘀嘀声。

林芷夏推开超市的玻璃门，一眼就看到正在角落里趾高气扬地指示两个男员工干活的老板，看到他那张油腻腻的胖脸，她猛地想起昨天发生的事情，忍不住想转身离开。

见她停住了脚步，并把眉头皱得很紧，李敏下意识地顺着她的目光看去，问道："那个满身油脂的死胖子，就是你说的坏蛋老板？"

林芷夏点了点头。

李敏的眉毛一竖，表情变得十分凶恶，抓着她的手腕，怒气冲冲地朝老板走去。

站在收银台前的女员工见到林芷夏，正要跟她打招呼，眼角瞟到李敏凶神恶煞的模样，当即噤声，并好奇地跟在她们身后，一起朝超市的角落走去。

"小敏，你说我等一下说什么好呢？"

"这有什么好想的？"李敏转头冷哼一声，"你直接叫他把工资给你不就成了。"

"可是……"

林芷夏的话还没有说完就被正在搬运货物的员工叫住了——

"嗨，芷夏！"

老板听到有人叫芷夏的名字，猛地转头望过来，见到她的眼里闪烁着害怕的光芒，忍不住得意地笑了起来，那表情似乎在说："昨天逃得那么快有什么用？现在还不是又落到我的手里了。"

老板阴险的笑容让林芷夏的手指微微颤抖了起来，她扯了扯李敏的手，低声唤了她一声："小敏……"

察觉到她是真的很害怕，李敏叹了一口气，小声地说道："你真懦弱！对付敌人就要如同暴风雨般凶狠，你这么紧张，一开口气势就会被盖过去的。算了，还是我来说好了。"

林芷夏看着气场强大的好友，感激地说："谢谢你，小敏。"

李敏轻咳了一声，挺直腰背，抬起头，不屑地眯着眼睛，盯着站在她对面的老板那双如同绿豆般大小的眼睛，说："喂，死胖子，我是芷夏的朋友，今天我来帮她向你讨回她的工资。"

李敏强大的气势让所有人把视线都转移到了她的身上。

刚才还一脸得意的老板见几个员工和客人因为李敏的话而不停地上下打量他，眼神中似乎还带着鄙夷，他恼羞成怒地涨红了脸："这个小女孩，瞧你说的，好像是我故意扣了她的工资一样，实际上……"

他的话还没有说完就被李敏打断了："废话少说，我们今天来只有一个目的，就是把芷夏的工资拿到手。你要是识相，就立刻把工资交出来，省得我把口水浪费在你这种人身上。"

见眼前的女孩身形虽然只有他的三分之一，但口气就像久经磨炼的社会精明人士一样，超市老板的额头上不禁冒出了冷汗。

但是，当他想到自己在员工面前这么轻易地把工资还给林芷夏，岂不是很没面子的时候，他便咬牙说道："芷夏的工资我确实还没有给她，那是因为我昨天让她把办公室的货物数量清点一遍，她做到一半就跑了。我现在扣留她的工资，只是在考虑该给这种不负责任的员工多少工资而已。你们过几天再来吧。"

李敏听他说完，冷笑了两声："喂，你傻了啊？换成别人跟你这么说，你能信吗？明明是昨天傍晚你这个老色狼企图在办公室里非礼芷夏，幸好有好心人帮忙，你的奸计才没有得逞！没想到你这把年纪了还不知羞耻，还妄想反咬一口！”

周围围观的人听到事情的真相后，顿时一片哗然。

李敏双手环抱在胸前，继续说道：“如果你现在不把芷夏的工资拿出来，那也没问题。不过，我们会从超市里搬走与工资同等价格的货物作为补偿。”

说着，她伸出手指着左边，大声地说道：“芷夏，你家的微波炉该换了吧。”

“嗯嗯嗯！”林芷夏极其配合地猛点头。

“微波炉的价格是？”

“598。”

“很好，搬走！”

随后，她又指着右边：“电磁炉。”

“258。”

“电熨斗。”

“145。”

……

超市内回响着李敏清点货物和林芷夏汇报价格的声音。

李敏不停地挥舞着两只手臂，围观的群众眼睛都看花了。

见老板震惊得不敢吭声，李敏气势更盛地大声喊着：“卫生纸，茶壶……”

正当她像说绕口令一样说得很是开心的时候，手臂突然碰到了某件物品。随后，柜台上的一盒咖啡掉在了地上，溅出的咖啡弄湿了她的鞋。

察觉到身后突然有一股怒气汹涌而来，她小心翼翼地回过头，映入眼帘的是一双被咖啡弄湿了的白色球鞋。

糟糕……

闯祸了。

李敏咽了一下口水，顺着球鞋主人修长的双腿往上看去。

一直在外围配合李敏的林芷夏没听到她的下一步指示，于是奇怪地跑到她的身边，刚想问她“怎么了”，却看见她的面前此时站着一个非常高大的男生，而这个男生正用如冰块般冷得吓人的眼神看着李敏。

林芷夏一看见这个男生便愣住了。

眼前的男生虽然有着冰冷的眼神，却长得十分漂亮。这种漂亮并不是像女生一样的娇媚，而是一种如同漫画人物般的英俊迷人。

男生有一头帅气的短发，眉毛微微上扬，像利剑一般，拥有这种眉形的人就算不喜不恼的时候，也透着一股让人难以接近的气息，他的眼眸如同夜晚的深海一样黑得见不到底，鼻梁像刀削般挺直，薄薄的嘴唇抿成一条直线。

他的五官立体分明，俊朗得犹如从西方油画里走出来的天神。

他沉默地盯着自己被染成咖啡色的白色球鞋，虽然一言不发，但是那让人害怕的气势比李敏的要强上十倍，甚至百倍。

见李敏愣愣地看着他，林芷夏率先上前道歉：“抱歉，我的朋友不小心……”

她的话还没说完，男生的眼神更冷了，说出来的话语都带着寒气：“你们不但撞到我了，还弄脏了我的鞋子，这种愚蠢的道歉有用吗？”

“啊？”

虽然她知道眼前的人是一个拥有冷漠气质的家伙，可是她仍在诧异，这么傲慢无礼的话真的是从外表如此漂亮的男生嘴里说出来的吗？

“对啊，你们不但非法抢走我超市里的东西，还给我的客人造成困扰。如果你们再不离开，我可要报警了！”刚才还处于弱势地位的超市老板立刻附和男生，“这两个女生是来我这里砸场子的，所以她们会弄脏你的鞋子，肯定不是无心的！”

男生轻挑了一下眉毛，冰冷的眼神里似乎多了一点烦躁。

老板继续添油加醋地说道：“这位客人，瞧瞧你这双鞋子多名贵，却被这两个不知好歹的女生弄脏了。对了，说起来你也是目击者，等一下我叫警察来，你可要帮我做证，叫她们赔偿我们的损失才行啊！”

“我呸——”

因为做错了事而愧疚沉默的李敏再也按捺不住了，她指着老板的鼻子大声地骂道：“你这个死胖子，非礼芷夏未遂，还克扣她的工资，简直就是剥削劳动力的黑心老板！还有你……”说着，她身子一转，用手指着男生，“就算是我弄脏了你的鞋子，你也不用这么傲慢吧！如果你真的帮这个胖子指证我们，那么你就是个助纣为虐的坏蛋！”

男生微微眯起眼睛，眼里迸射出来的寒光如同冰箭一般，就在李敏紧张地等着他反击的时候，他突然看向老板，冷冷地说道：“她说你是黑心老板。”

他的语气漫不经心，说出来的语句不是询问，而是陈述。

超市老板不知道这男生是不是有意想帮李敏和林芷夏，只好勉强笑着解释道：“哪有的事，这中间是有误会的。虽然现在把工资给这两个女生不合情理，不过看在她们年纪尚小，我就不再追究了。”

老板的话音刚落，男生冷漠地说：“你不追究了是吗？那接下来轮到我了。”

林芷夏稍微愣了一下，不解地看向他，问道："请问，你要追究什么？"

男生冷哼了一声："我要她跟我道歉。"说完，他用手指着自己的鞋子，并朝李敏瞟了一眼。

"可我刚才不是已经替我的朋友向你道歉了吗？"

"弄脏我鞋子的人是她，与你一点关系都没有。"

男生倨傲的语气让林芷夏不禁皱起了眉："可是……"

李敏阻止她继续说下去，往前一步，冲男生说道："刚才我并不是有意的，但是弄脏了你的鞋子毕竟是我的责任，我向你道歉，希望你不要放在心上。"

"这点小事，还不至于让我放在心上。"男生傲慢地说。

李敏的嘴角抽搐了两下，在心里骂道：那你还坚持让我道歉是怎么回事啊？难道是故意耍我们的？

"呵呵，你真大方。"虽然心里气得差点要抓狂，但她还是在脸上堆起了灿烂的笑容，"请问现在你能不能让一让，好让我们跟那个胖子讨回工资呢？"

"不行！"

李敏脸上的表情一僵："那你还想怎么样？"

"你负责把我的鞋子洗干净，不然就拿你们的工资来赔偿。"

男生无礼的态度让李敏气得像充气过度的气球一般，几乎要爆炸了，但转念一想，他是阻碍她们夺回芷夏工资的绊脚石，于是咬牙把怒火吞进了肚子里。

就在她要答应男生的要求时，林芷夏拉住了她的手，不满地看着那个男生说："你够了吧！刚刚我跟小敏都向你道歉了，为什么你还要这么咄咄逼人呢？什么‘弄脏鞋子的人是她，跟你一点关系都没有’，你竟然说出这种话，真让人怀疑你有没有朋友。小敏的事就是我的事，我是绝对不会让我的朋友受委屈的！如果你喜欢，我的工资你就拿去重新买一双鞋子吧，大不了我不去海洋公园了！”

说完，她牵起李敏的手，气呼呼地转身朝门口走去。

CHAPTER 2

第二章

拥有那样一双眼睛的人，应该还有更多的故事才对李敏听了林芷夏的那番话，心里顿时觉得不枉她一直以来这么照顾这个傻乎乎的朋友，但是……

芷夏现在脑袋真的没问题吗？她的工资可是有三千多块，两个月辛勤劳动流下了无数汗水才得到的三千多块！真的就这样赔给那个“冰山男”吗？只要帮“冰山男”洗鞋子，就能得到这三千多块，而为了朋友义气，就要失去这三千多块，在这两个选项之间选择后者明显就是亏本生意嘛。

这时，超市的玻璃门被推开了，一个男生带着一股夏日的热流走了进来。

这个男生穿着白色的T恤，他放在门把手上的手指干净修长，指甲在日光下泛着柔和的光泽。

“咦？芷夏，你怎么在这里？”从头顶上方传来的声音有着熟悉的温暖感。

林芷夏的眼里闪过一丝喜悦的光芒，她抬头看向对方，从门外进来的果然是昨天帮过她的云尚宇。

“你好，云尚宇。”

李敏听过林芷夏讲过云尚宇帮助她逃离老板魔掌的事情，于是好奇地打量了一下眼前的男生，突然叫出声来：“芷夏，你真的没夸大其辞啊！你说的救命恩人真的很帅！”

林芷夏红着脸轻咳了一声，心里很无奈：小敏，虽然坦率是好事，但是在人家面前犯花痴，这叫身为死党的她怎么好意思呢？

“谢谢，你也很可爱。”云尚宇并不觉得尴尬，反而愉悦地笑了起来，“我叫云尚宇，你呢？”

“我叫李敏，是芷夏的邻居兼死党。”看着他微笑时眼里闪烁的比星辰还耀眼的光芒，李敏向来比城墙还要厚的脸皮，竟也像被刷上了红颜料一样瞬间红透了。

云尚宇礼貌地朝她点了点头，问道：“刚才见你们气冲冲地走过来，是怎么回事？难道光天化日之下，那个坏蛋老板要欺负你们？”

提起这件事，李敏就一肚子的火，她不悦地说：“哼！那个胖子哪里是我的对手！我们今天来是跟那个胖子要回芷夏的工资的，但是刚才不小心弄脏了一位‘冰山男’的鞋子，我们道了歉，可‘冰山男’还是不放过我们。芷夏不忍心看我受委屈，就赌气说不要工资了。”

“‘冰山男’？”云尚宇诧异地问道，然后看向超市里，看到站在老板面前的那个男生时，他脸上的笑意更浓了，问道，“那你的工资现在在哪里？”

林芷夏叹了一口气：“还在老板的手里，我已经跟那个男生说了，我的工资就当是赔给他，让他重新买一双鞋子。”

云尚宇笑着摇了摇头：“芷夏，你可真笨。虽然那家伙脚上的鞋子是不便宜，但是你也不需要把工资全部赔给他，你这次真是亏大了。”

李敏附和着他的话，说：“嗯，云尚宇说得没错。”

“你们跟我来吧。”

两个女生面面相觑了一下，便跟着他朝“冰山男”的方向走去。

见林芷夏和李敏走到门口又折回来了，并且还带了一个男生走进来，老板有些紧张地往“冰山男”的身后靠去，希望这个霸道冷漠的男生能够帮他抵挡那三个人。

谁知道——

“曜，听这两个女生说，她们不小心弄脏了你的鞋子？”云尚宇笑着拍了拍冰山男的肩膀，“你看能不能给我个面子，小事化了？毕竟她们也道过歉了，跟女孩子生气，会被别人说小家子气的。”

“我只是讨个说法，又没有生气。”翟雨曜冷哼了一声。

林芷夏和李敏诧异地瞪大眼睛看着眼前的两个男生。

原来他们两个人认识？

其实也不能怪她们会这么惊讶，这两个男生，一个温暖如春风，一个冷冽似北风，完全是八竿子打不着的性格，可是听他们对话的语气，竟像相熟已久的朋友一般。

“你没生气我就放心了。”云尚宇笑眯眯地说道，然后转头看着吓得缩着脖子站在一旁的老板，用同样轻柔的语气说，“你好，我们昨天见过面，你还记得我吗？”

老板皱眉思索了一阵，脑海中闪过一个挺拔的身影，顿时惊慌地瞪大了眼睛。

“想必你已经想起来了。”云尚宇微微前倾身体，说出来的话掷地有声，“我听说你还扣留了芷夏的工资是吗？我奉劝你最好现在就把工资还给她，不然我会忍不住告诉警察叔叔我昨天晚上所看到的一切哦。”

老板打了个哆嗦，转身朝办公室大声地喊道：“小李，快点把昨天结算给芷夏的工资拿出来！”

听到老板的吩咐，刚才还躲在办公室门口旁观的财务小李立刻转身跑进办公室，等他跑出来的时候，手里多了一个白色的信封。

林芷夏接过小李手里的白色信封，打开清点了一下里面的工资，随后冲云尚宇露出一个灿烂的笑脸，并感激地说：“云尚宇，谢谢你！”

她激动地把信封抱在怀里，太好了，经过这么多坎坷，终于能用自己赚的钱去H市的海洋公园玩了！

“云尚宇，你真是太棒了！不仅长得跟模特一样帅，为人还温和有礼，又乐于助人。还有，你在短短的几分钟之内，就让那个老板把工资如数奉上，我真是太佩服你了！”

林芷夏见李敏双手握拳，抬着头钦慕地看着云尚宇，眼里闪耀着绚烂的光芒，忍不住偷偷地笑了起来。

长这么大，她是第一次看到李敏这么佩服一个人，这么热切地夸赞一个人，估计向来男孩子气的她在面对云尚宇这么温柔和善的人时，也会忍不住充满好感吧。

然而他们之间的热烈气氛并没有感染到翟雨曜，他不耐烦地出声道：“尚宇，回去了，和那些无聊的人待在一起会受到污染的。”

说完，他便自顾自地离开了。

李敏的好心情因为他无礼的话被破坏得乱七八糟，就在她气得想上前去揍他一顿的时候，云尚宇不好意思地道歉：“对不起，曜他的性格有点怪，其实他的心地并不坏，希望你们不要介意。我跟曜还有点事要忙，就在这里跟你们道别了，以后有空可以打电话给我哦。”

他边说边追着翟雨曜跑出了超市。

下午的阳光炽烈地照射着S市。

由于马路两旁茂盛的榕树将阳光挡住了，所以人行道上相比其他地方要阴凉舒适一些。

榕树下，林芷夏和李敏边愉快地聊天，边朝家的方向走去。解决了一件大事之后的她们，脚步显得异常轻快，就像拿了糖果之后欢快得差点蹦跳起来的小孩一样。

李敏双臂环抱在胸前，脸上露出有些傻气的笑容："你说这个世界上怎么会有那种像天使一样让人一见便觉得舒服的人呢？"

林芷夏朝她翻了一个白眼："李敏同学，我知道你喜欢云尚宇，但是请你不要在大街上对着形形色色的陌生人，一边微笑一边说着肉麻的话好吗？那种感觉很诡异呢。"

"林芷夏，你就不能让我文艺一下吗？"李敏气恼地鼓着脸。

"好啦，其实你说得挺对的，和云尚宇说话，真的是一件很令人愉快的事情。"

"对吧！不过他的那个朋友就糟透了，云尚宇说他的性格有点怪，可我总觉得应该用'扭曲'来形容比较贴切。"

林芷夏佯装不悦地拍了一下李敏的手背，说："你呀，干吗在别人背后说坏话呢？那个叫曜的男生毕竟是云尚宇的朋友啊！"

李敏怀疑地睨视了她一眼："哦？"

"不过说实话，他真的太无礼了，我对他的印象也相当不好。"林芷夏说出了心里最真实的想法。

"我就说吧！长得好看是没用的，关键是要有好的性格，那样才会讨人喜欢啊。"

"我知道，像云尚宇那样的人就非常讨我们李敏同学的喜欢，对吧？"

"林——芷——夏！"

"哎哟，你居然脸红了！"

……

长长的人行道上。

两个可爱的女生互相拌嘴打闹着。

街道两旁的榕树仿佛被她们的笑声感染了一般，轻轻地摇晃着树枝，似乎在附和着女生们的欢声笑语一样，发出了悦耳的沙沙声。

如果用颜色来形容盛夏，那便是亮眼的金色。

夏日的太阳总是高高地挂在水蓝色的天空上，就算是白云也无法阻挡它散发出光和热，无论是行人的肩膀上、树叶的叶尖上，还是广场的喷泉上，到处都有它的足迹。

在地图上彼此相依的H市和S市如同孪生兄弟一般，街道和建筑物看起来没有很大的差别，唯一不同的是S市的马路边栽种的是茂盛的榕树，而H市则栽种着可爱的棕榈。

棕榈如同椰树一样，枝干光秃秃的，顶端绽开大片的树叶。棕榈的树叶如同开衩的蒲扇，盛满了热烈的阳光。原本深绿的叶片，在阳光的照耀下，显得格外透亮。

街道上满是阳光透过棕榈的叶片缝隙洒下的斑驳的光点，细小的尘埃在这片光影中跳跃着，如同舞动着的精灵。

周末的正午。

即使是H市著名的海洋公园，游人也比往常要少一些。

从公交车上下来后，李敏迅速从背包里掏出一把深蓝色的太阳伞，一边撑开一边埋怨：“林芷夏，跟你做朋友这么多年，我仍旧搞不懂你在想什么！你瞧瞧这天气，连老鼠都躲在洞里怕被晒死，你干吗非要选择这个时间来海洋公园啊？”

她穿着绿色高腰吊带裙，额头上冒出了一层细密的汗珠，她皱起眉头，一手撑着太阳伞，一手在脸颊旁边不停地扇着风。

“哎呀，就是因为中午的温度比较高，大家都不愿意选择这种时间出来玩，所以我们等一会儿无论玩什么都不用排太久的队啦！”后下车的林芷夏挤进李敏的太阳伞下，掏出小手提包里的纸巾递到她的手上，一脸无所谓地微笑着说道，“不过，如果你坚持要在人流量大的晚上出来玩，然后在拥挤的人潮中蒸免费桑拿，我们也可以先找个咖啡厅度过一个下午，晚点再去海洋公园。”

李敏还想再说些什么，但在听了她的话之后，便立刻把所有的不愉快都吞进肚子里，轻哼了一声，妥协道：“算了，你说的话也有点道理，我就勉为其难照着你的计划行事吧。”

林芷夏拿出手机，打开手机里的导航软件寻找海洋公园的位置，嬉笑道：“好啦，谢谢你配合我。看，再往前走一段路拐个弯就到海洋公园了，走吧！”

说完她挽起李敏的手臂，快步朝海洋公园走去。

澄净的天空万里无云。

耀眼的太阳悬挂在空中，阳光照在深蓝色的太阳伞上，在地上映出一个圆形的阴影。

海洋公园的正前方是一个巨大的花朵型喷泉池，喷泉池的外侧被七里香围了起来。夏季是七里香盛开的季节，小小的花朵如同迷你版的香水百合一般，一簇簇奶白色的花朵点缀着浓密的绿色枝叶，在空气中散发着淡淡的花香。

喷泉池的五个花瓣上，都有一只用树木塑造出来的海豚，它们憨态可掬地朝着喷泉池中心张嘴微笑。它们的嘴巴里各有一个泉眼，泉水从它们的嘴里沿着抛物线的轨迹，纷纷洒落在喷泉池中央雕刻着“海洋公园”几个字的石头上。

“哇！芷夏，你看！”

林芷夏正低头看着手机里她和李敏在喷泉池前拍的照片，对方却在这个时候突然扯住她的手臂，附在她的耳朵边兴奋地小声说道："那个男生，长得好漂亮啊！"

她朝李敏手指的方向看去，一眼便看到站在喷泉池另一边独自注视着波光粼粼的水面发呆的少年。

那少年的头发是柔亮的黑色，稍稍盖过了耳朵，他的头发似乎有些小脾气，发尾调皮地翘了起来。他清瘦得让人心疼，异常白皙的皮肤在日光的照耀下仿若透明。因为他低着头，所以李敏看不清他的眼睛，然而他挺直的鼻梁和薄薄的嘴唇足以叫她忍不住惊叹他的美貌。

好像察觉到她们的视线一样，他不动声色地抬起头，目光若有似无地看向林芷夏。

此时，喷泉飞溅出的水花在阳光中反射出七彩晶莹的光芒，空气中弥漫着水雾，为夏日带来了一丝清凉。

在这片朦胧的水雾中，林芷夏怔怔地望着他的眼睛。

该怎么形容呢？

那样一双眼睛带着些许冰冷，仿佛天地万物都与他无关似的。

明明是那样漂亮的眼睛，可对视的时候，她的心脏仿佛被轻轻地攥住了，有些难以呼吸。

李敏用手肘撞了一下林芷夏的手臂，说："芷夏，我们去请他帮我们照张相吧。"

说完，她牵着林芷夏的手沿着喷泉池的外围走向那个少年。

林芷夏轻声对她说："喂，你想跟人家搭讪的意图很明显哦！"

"喂，别把我说得好像走在大马路上，只要看到人家长得稍微好看一点就一心扑上去的轻浮女生好吗？我只是看那个男生的气质很特别，对他感到有些好奇而已。”

李敏的话音刚落，便看到男生正转身准备离开，她立刻焦急地大步冲上去拦住他：“嘿，你好！”

面对突然不知道从哪个地方冒出来挡住他去路的女生，辛哲只是下意识地抬头一看，便冷淡地从她的身侧绕了过去。

察觉对方把自己当成了拦路石，李敏的脸上不禁一热，但仍旧不死心地继续上前和他攀谈：“能耽误你一点时间吗？我们想请你帮忙拍张照片，只要一张哦。”

辛哲置若罔闻，继续朝前走去。

李敏跟在他的身后，笑眯眯地说：“我们是从S市来的游客，不是什么坏人。我叫李敏，现在是雅致学院一年级的学生，你呢？”见对方始终没有搭理她，她无奈地停下脚步，但嘴巴还在不停地说着，“你要记住哦，我是S市雅致学院一年级的李敏，有空可以来找我玩……唔唔唔……”

一直站在她身旁的林芷夏伸手捂住她的嘴巴，说：“小敏，你还真是厚脸皮啊！虽然现在海洋公园人不多，但是也有不少人啊！”

“怕什么啊！”李敏掰开她的手，对她翻了一个白眼，说道，“像雅致学院这么有名的学校，即使我自报门户也不丢脸吧。”

“拜托，这不是重点！”林芷夏无奈地说道。

“好啦！”李敏勾住她的脖子，“我知道你的脸皮薄，不想跟我一样被人围观，所以我们快点买票进去玩吧！”

林芷夏点点头，两人前往一旁的售票处。

“芷夏，你说刚才那个男生是怎么回事？”

“你怎么还想着他啊？你不是喜欢云尚宇吗？”

“这是两码事呀，我确实喜欢云尚宇，但是这不影响我对其他男生产生好奇啊。再说了，你难道不觉得奇怪吗？怎么会有人抵挡我这么热情的搭讪？”

“我想他应该是有很多心事吧。”

李敏一边从钱包里掏出钱，一边“嗯”了一声表示疑问。

“我发现他的皮肤很白皙，但并不是健康的颜色，可能是很少外出，所以白得近乎透明。还有他的眼神很冷漠，虽然翟雨曜的眼神也冷冰冰的，但那个家伙的态度非常傲慢，而这个男生就好像整个世界只有他自己一个人一样，或许他平时很少与人接触吧。”

“莫非他不能说话？因为不能说话，所以觉得自卑，才不愿跟人接触？”

“也许吧。”

林芷夏从售票员的手里接过两张门票后，陷入了沉思。

那个男生漂亮的眼睛里充满了忧郁，拥有那样一双眼睛的人，应该还有更多的故事才对。

这个漂亮的忧郁少年不过是这两个女生旅途中的一段小插曲，很快就被抛在脑后了。

仲夏的午后，海洋公园的游客果然不多，但是那些受欢迎的游乐设施入口处仍是人满为患。

快乐的时光总是过得很快，到了傍晚，海洋公园的人流量渐渐大了起来。

过山车出口处的休息区。

干净的小广场四周种着黄槐树。

夏天是黄槐花开得最盛的季节，盛放的黄色花朵一簇簇的，如同点缀在枝末的绣球。细软的枝条岔开，绿色的卵形叶片在枝条上舒展开来，如一片片羽毛，托起那一个又一个的“绣球”。

风轻轻吹来的时候，黄色的花瓣随风扬起，在阳光下宛如翩翩飞舞的蝴蝶般，落在被覆盖了一层金色光芒的地上。

林芷夏坐在黄槐树下的秋千上，晃着脚轻轻地荡着，并得意地同倚着秋千架的李敏说：“你瞧我多聪明！幸好我在来之前，就已经上网搜集了各个时间段内各个游乐设施游客量的数据，所以今天我们才能用最短的时间玩遍整个海洋公园。”

“是是是，你真聪明。”李敏嘴巴里咬着饮料杯的吸管，敷衍地搭着话，眼睛盯着手里的手机，大拇指不停地在手机屏幕上滑动，一边查看林芷夏制作的计划表格，一边向她汇报，“现在是五点三十八分，距离我们下一个节目——‘动物群星会’，还有一个小时四十二分钟。晚餐时间只需要半个小时，另外的一个小时，我们做点什么？”

林芷夏用了一下力，让秋千荡得更高，气流卷起她的裙裾在空中飞扬，她的话随风飘过来：“其实我在来之前，就已经很想去坐旋转木马了，不过考虑到去坐旋转木马的大多是小孩子，我怕被人笑话，所以才没有安排进去。”

然后两人同时扯住秋千的绳子，让秋千慢慢地停下来。

“我也是！”李敏走过去把手机塞进林芷夏的手里，双手捧着饮料杯，一脸陶醉地说，“旋转木马和摩天轮是女生的憧憬啊！想象自己像偶像剧的女主角一样，坐在旋转木马上，身后有个高大帅气的男生轻轻地抱着我……哎哟，好害羞！”

“嗯，如果那个男生是云尚宇，那就更完美了，对吧？”林芷夏点头认真地说。

“讨厌，你又戏弄人家！”李敏佯装害羞地用左手捧着脸颊，用右手手肘给了林芷夏的脊背一击。

林芷夏疼得皱起了眉头，她用手揉了揉被撞疼的地方，委屈地说：“开个玩笑嘛，你用得着这么报复我吗？”

“哼！看你以后还敢不敢戏弄我。”李敏说着，伸手拨开她放在背上的手，动作轻柔地帮她按摩被自己刚才重击过的部位，“反正我们还有一个小时的时间，就厚着脸皮去坐旋转木马怎么样？”

林芷夏闭着眼睛享受着好友的按摩服务，同时认真地思考了五秒钟，说：“如果没有坐旋转木马，回去肯定会后悔的，所以就算会被人嘲笑，我也要去坐旋转木马。”

站在她身后的李敏附和着：“没错，就这么决定了！”

傍晚。

落日熔金，暮云合璧。

被霞光笼罩着的海洋公园犹如一幅暖色调的画卷。

热气逐渐消散，游客越来越多。

公园里的黄槐树合上了椭圆的叶片，如同睡着了一样，只有一簇簇黄色的花团在枝条上轻轻地摇晃着。

旋转木马位于海洋公园的中心，一片很小的银杏树林内。

林芷夏和李敏原本以为这个时间来坐旋转木马的游客肯定很多，并且做好了花半个小时排队的心理准备。

谁知道两人来到这里的时候，竟然诧异地发现旋转木马的四周空荡荡的没有一个人。

直到两人走到售票处，看到门口挂着“此游乐设施检修中”的牌子之后，心里的谜团才解开。

“看来要带着遗憾回去了。”

林芷夏失望的话音刚落，就听见旋转木马那边突然传来机器开始运转的声音，随后四周响起了欢乐的音乐。

“不是说在检修吗？为什么还有人坐在旋转木马上面呢？”李敏率先反应过来，“咦，坐在旋转木马上的那个人，不就是我们在公园门口主动搭讪却老是不回话的男生吗？”

林芷夏抬头朝旋转木马望了过去，瞬间以为自己正置身于奇妙的童话世界中。

在哥特式的护栏内，旋转木马上彩绘着各种鲜亮的颜色，无论是尖尖的顶罩还是平台的四周，都镶嵌着无数的小灯泡。

当悦耳的音乐响起的时候，各种颜色的木马，还有华丽的南瓜马车渐渐动了起来。

绚烂的灯光宛若朦胧的烟雾一般笼罩着旋转木马和四周的树木，迷乱了她的双眼。

风吹落了银杏树叶。

扇形的叶子悠悠飘落，仿佛是在空中起舞的精灵。

肤色苍白的少年坐在纯白色的独角兽上，就像踏着圣光从天而降的天使一般。

在她的印象里，这个少年本该是独自在清池中开放的冷傲的白色莲花，可此时闭着双眼靠在旋转木马扶手上的他，嘴角不易察觉地稍稍勾起，少了一丝冷漠疏离。

“哇，他真的很像王子！”李敏兴奋地抓着林芷夏的手臂，低声赞叹道。

林芷夏愣住了，如着了魔一般点了点头。

几分钟之后，辛哲从旋转木马上下来了。

一个穿着黑色西装的中年男人立刻迎上前去，微弯着腰，对他说道：“少爷，该回去了。”

见他没有表现出不满的情绪，男人随即走到一旁，拿出手机。

与此同时，售票处的工作人员小心翼翼地询问：“少爷，请问我们是否可以正常营业了？”在看到辛哲表示“同意”的点头之后，工作人员从窗口探出身体，伸手把门口挂着的“此游乐设施检修中”的牌子取了下来。

站在不远处的两个女生见状，互相对视了一眼，便默契地一起走上前去。

李敏趴在售票处的窗沿上，笑眯眯地问：“你好，请问旋转木马维修好了吗？我们可以买票上去玩了吗？”

“可以。”售票员用手指了指桌子上的价位牌，“每张票是五元，两分钟之后启动。”

林芷夏闻言，从小手提包里拿出十块钱，并顺手接过售票员手中的两张票。

两人从站在入口旁边的辛哲身侧走过去的时候，李敏轻声问林芷夏：“你说我们要不要再跟他搭搭话？”

“拜托，你还觉得不够丢脸吗？人家根本没兴趣搭理我们。”林芷夏一边说着，一边推着李敏的后背，一同从旋转木马边上的小台阶走上了圆形的平台。

刚刚还心心念念想着辛哲的李敏一踏上旋转木马便把什么都抛在了脑后，直奔橘黄色的南瓜马车，激动地喊着：“芷夏，你瞧这南瓜马车多漂亮啊，我感觉自己就像穿着水晶鞋去找王子的灰姑娘！”

看着好友如同小孩子般活泼的模样，林芷夏忍不住勾起嘴角笑了起来，她走到南瓜马车左边那一匹被染上明媚蓝色的木马旁，撩起裙摆侧身坐了上去。

此时，头顶上传来温柔的声音——

“各位游客请注意，旋转木马即将启动。”

听到这句话后，林芷夏立即用右手握紧了面前的扶手。

身下的蓝色木马微微晃动了一下，便开始随着音乐声上下动了起来，绕着平台上的圆形轨道“行走”着。

小树林里响起了灵动的音乐：“拥有华丽的外表和绚烂的灯光，我是匹旋转木马永远被锁上，只为了满足孩子的梦想，爬到我背上就带你去翱翔……”

林芷夏忍不住在美妙的音乐声中合上了双眼，同时伸展开她纤长的双臂。

傍晚树林里的风夹杂着凉意，轻柔地拂过她的脸颊。

她能感觉到丝丝气流从她乌黑柔亮的发丝间，还有修长干净的手指指缝间穿过。而在马尾上扎成蝴蝶结的缎带，还有湖蓝色的连衣裙裙摆，也在随风飘扬。

空气中弥漫着草木的清香和七里香的甜腻。

她不禁大声地对李敏喊道：“这样的感觉，就像是在飞翔！”

“这样的感觉，就像是在飞翔！”

听到管家说车子已经在海洋公园外等候，正打算离开的辛哲听到这句话之后，停下了离去的脚步，并转过身隔着护栏目不转睛地看着坐在旋转木马上，张开双臂满足微笑着的女孩。

无数华丽而炫目的灯光落入他漂亮的双眸中，他似乎在刹那间见到一个小女孩的笑脸，与林芷夏此时的笑颜重合在一起。

他向来冷漠得如同结了一层冰的眼睛，骤然闪过一丝明亮的光芒。

会是她吗？

他忐忑不安地想着。

等旋转木马停下来的时候，辛哲迫不及待地跑到她的身边。

林芷夏轻轻一跃，刚想从蓝色木马上跳下来，谁知道下一秒却突然撞入不知道从哪里冒出来的少年怀中。从对方身上飘过来的淡淡的青草芳香萦绕在她的鼻尖，她的脸瞬间红了。

“你的名字。”她还没来得及反应，他便已经抓着她的手臂，凝视着她的双目，“我想知道你的名字。”

他的声音和他的身体一样虚弱，仿若花瓣上的一颗水珠，轻轻地落入纯白的雪地里，被染上了同样的凉意，从空气中传到耳膜时，耳朵像被轻轻地挠到一般，微微发麻。

从南瓜马车上下来的李敏听到辛哲询问林芷夏的名字，十分吃惊，但是她很快便回过神来，大呼小叫道：“原来你不是哑巴啊！”

辛哲却置若罔闻，仿佛整个世界只有他和林芷夏似的，他只是认真地注视着她，眼里写满了探索和期待。

“林芷夏……”虽然有些疑惑，林芷夏还是不由自主地回答了对方，“我的名字。”

下一秒，辛哲眼中闪烁着的光亮渐渐熄灭了。

他失望地放开她的双臂，呢喃着：“你不是。”随即就决绝地转身离去了。

“怎么了？”李敏感到莫名其妙，急忙上前询问。

林芷夏看着辛哲落寞的背影，好一会儿才回答："可能是认错人了吧。"

夜晚渐渐降临。

山脚下的夜风微凉。

地上的落叶被风一层层拨开，像在探寻埋藏了多年的宝藏一般。

CHAPTER
3

第三章

如果你们能够真正去了解他，就会对他改变看法

晚上八点十七分。

看完“动物群星会”节目的两个女生按照原定计划，结束了海洋公园一日游的行程。两人离开了海洋公园，站在公交车的候车亭内等待公交车的到来。

天清气朗的夜晚，如泼墨般浓黑的夜空洒满了耀眼的星星，就像在黑色的丝绸上镶满了钻石一般。

候车亭下的橱窗内，贴着一张明晚海洋公园重头节目的海报，明晃晃的白色灯光打在海报上，反射出耀眼的光芒。白色的飞蛾拍打着薄薄的翅膀，不停地在玻璃上扑腾着。

林芷夏原本算准了这个时间没有人会跟她们挤公交车，可以在车上好好休息一下。然而，她没有想到，这个时间段居然会一辆公交车都没有。

两人等了半个多小时，腿都快要抽筋了，当站牌下的人越聚越多时，才看到两束橘色的灯光远远地照了过来。

候车亭下的所有乘客顺着灯光的方向看去，都松了一口气，随后纷纷喜悦地说：“谢天谢地，终于来了。”

红色的公交车缓缓地驶来，随着刺耳的刹车声，最后停靠在候车亭旁边的车道上。

公交车的前门嘶的一声打开了，站在候车队伍最前面的林芷夏刚要抬腿上车，突然感觉裙子的下摆像拴了铅块一样重。

她低下头的那一刻，正巧对上了一双乌溜溜的眼睛。

一只身高刚好到她膝盖高度的金毛犬正咬住了她湖蓝色的裙摆，它兴奋地摆动着蓬松的尾巴，睁着水汪汪的眼睛定定地望着她。

林芷夏目瞪口呆地看着被它的口水染湿的裙摆，愣了半天都没有反应过来。

“喂，你到底上不上车啊？不要挡着我们啦！”身后拥挤的队伍中传来焦急的催促声。

看到好友此时面临的窘境，李敏不悦地高声回道：“着什么急，等一等嘛，公交车又不会跑！”

金毛犬似乎在附和一般，转头看着李敏，从喉咙里发出“呜呜”的声音，但是嘴巴仍咬着裙摆不放。

林芷夏不想引起麻烦，让李敏成为众矢之的，只好无奈地从公交车前让开，走到一旁，让其他乘客先上车。

“嘿，我的裙子不是肉做的，不能当晚餐哦。”她耐心地劝导着，而金毛犬只是讨好地摇着尾巴。

“你和主人走失了吗？我可不是你的主人呀，你要是不信，可以闻闻看。”见李敏在旁边急得跳脚，林芷夏无奈地弯下腰将手伸出去。

金毛犬一边摇着尾巴，一边用褐色的鼻子在她伸过去的掌心中蹭了几下。

眼见公交车上的座位快被抢占得差不多了，林芷夏着急地威胁道：“你不要敬酒不喝喝罚酒哦！你要是再咬着我的裙子，害我没办法搭公交车，我可不会放过你的！”

“汪汪！”

金毛犬继续晃着尾巴，欢快地叫了两声，在林芷夏以为可以解脱了的时候，它又迅速张口咬住了她的裙摆。

与此同时，公交车已经满载，司机大叔同情地看了她一眼，将公交车开走了。

正在掏着背包里的东西，想要找出一点食物诱骗金毛犬不要再纠缠她们的李敏，听到公交车发动的引擎声，惊慌地抬头喊道："哎——我们还没上车呢！"

她挥舞着手臂追了几步，见公交车毅然地绝尘而去，只好垂头丧气地望着公交车车尾冒出的一缕缕白烟，哀悼自己悲惨的命运和已经快失去知觉的双腿。

"呜呜呜，我足足站了一个小时才等到的公交车……"李敏迈着沉重的脚步回到候车亭。

金毛犬这个时候已经放开了林芷夏的裙子，叼起李敏刚才扔在地上的盐焗鸡腿，兴奋地围着她转圈，随后把鸡腿重新扔在地上，埋头津津有味地吃了起来。

如果眼神有杀伤力，估计这只金毛犬现在已经被李敏的眼神凌迟了。然而人类就是人类，所以不管她怎么瞪大眼睛怨恨地看着它，它仍旧毫无知觉地晃着尾巴，用胖乎乎的屁股对着她啃着鸡腿。

忍无可忍了！

李敏一手叉腰，一手指着它，吼道："喂！你这家伙到底是从哪里冒出来的啊？候车亭那么多人，你非要阻碍我们上车，害我们搭不到公交车！你这个瘟神！"

似乎察觉到她的语气里带着浓浓的愤怒，金毛犬抬起头，用乌黑的眼眸哀怨地看着她。

随后它放开鸡腿，朝她伸长脖子，在她还没来得及反应的时候，它伸出舌头讨好地舔了舔她的手心。

“你……你别以为这样做我们就会原谅你哦！”

“算了，小敏。”林芷夏扯了扯她的手，叹了一口气，“它根本听不懂你在说什么，还以为你在跟它玩呢。再说了，它刚刚可能是肚子饿了才会拉住我的，现在它吃饱了，说不定等会儿再来公交车的时候，它就不会阻碍我们了。”

虽然林芷夏的安慰让李敏的怒火平息了一些，可她还是气得不停地跺脚：“它肚子饿就了不起吗？我们可是等了半个多小时的公交车！错过了这一辆，不知道下一辆要什么时候才能到！我的腿都要断了……”

“对不起。”

突然，一个轻柔悦耳的声音打断了李敏的话。

两个女生闻声转头，看到一位差不多十一二岁的可爱的小男孩站在她们的身后，他礼貌地微笑着：“我刚刚听到两位姐姐的争吵声，是王子害你们搭不了公交车吗？”

“王子？”林芷夏稍稍打量了他一阵，随即把视线集中在男孩手里拿着的项圈上，最后指着金毛犬问，“这只狗是你的？”

男孩点了点头，朝金毛犬吹了声口哨，金毛犬立刻跑到了他的身边，他弯腰给它戴上项圈，并把项圈上的绳子拽在手里。

熟练地做完这一切后，他朝她们抱歉地说：“对不起，刚才我忘记把家里的门关上，才会让它乱跑打扰到你们。我向你们道歉，希望你们不要怪王子，它只是贪玩，没有任何恶意。”

男孩温和的话语让李敏心里的气顺了许多，但她仍不太高兴地撇了撇嘴，说：“哼，我们才不会跟一只小狗计较呢！不过这一切都是因为主人看管不严，才会造成我们的麻烦。你要是有心道歉，就应该送我们回市区才对。”

“那好吧，请你们在这里稍等一下，我这就让我哥哥带你们回市区。”说完，男孩牵着王子转身小跑着离开了候车亭。

时间一分一秒地过去了。

不远处的海洋公园内闪烁着炫目的灯光，候车亭所在的地方静悄悄的。

“你说，那个小男孩不会骗我们吧？”

李敏背靠着候车亭的橱窗，问身旁正朝刚才男孩离开的方向不停张望的林芷夏。

“看那男孩的态度很真诚，应该没有骗我们。要是他没有骗我们，那就皆大欢喜，但如果他是骗我们的，我们也没有什么损失，反正我们也要在这里等公交车嘛。”林芷夏的话音刚落，不远处便有一辆黑色的汽车朝她们行驶过来，并且很快在她们的面前停下。

那是一辆有点旧的汽车，车身被洗得很干净，在候车亭灯光的照耀下，泛着银色的光芒。

驾驶座的车窗被降了下来，一个男生从里面探出脑袋，冲着候车亭下的两个女生笑吟吟地打了声招呼：“嗨，两位美女，晚上好！”

此时，一轮新月拨开了云层，悬挂在夜空中。

月光皎洁得让星辰都失去了颜色。

月色下的男生有着柔和精致的面容，漂亮的浅褐色眼眸像盛满了月光般，发出柔和的光芒。他的嘴角微微勾起，即使在说话的时候，嘴角也隐隐约约地露出一个小梨涡，叫人觉得无论什么话从他口里说出来，都是温和可亲的。

坐在车上的男生一手握着方向盘，一手搭在车窗的窗沿上，优雅地朝她们打着招呼。

“刚才听我表弟说，王子害你们没办法搭上公交车，所以为了替王子向你们赔礼道歉，我会负责把你们安全送到目的地的。”随后他从车上走了下来，并帮她们打开了后座的车门，朝她们做了一个“请”的动作，“希望你们能够赏脸上车，原谅我家王子。”

林芷夏和李敏看了看这个俊朗的男生，然后默契地对看了一眼，同时退后两步，说起了悄悄话。

李敏率先表达了自己的想法：“大晚上突然冒出一个跟偶像剧男主角一样温文有礼的男生，我总觉得对方有什么不良企图，怪吓人的。”

“我爸爸妈妈每次外出公干的时候都跟我说，油嘴滑舌的男生最不可信了，所以我们还是等公交车吧。”

“可是，对方看起来也不像什么坏人，而且下一辆公交车不知道什么时候才会到，我现在想立刻回去洗澡上床睡觉啊。”

“你傻啊，人家是好人还是坏人难道会写在额头上吗？一点小辛苦都受不了，要是吃了亏怎么办？”林芷夏说着，小心翼翼地瞥了依旧笑容满面地站在车旁的男生一眼。

男生见状，脸上的笑意稍稍加深了一些。

似乎察觉到了两个女生的犹豫，他的眼里闪过一抹亮光，恍然大悟地“哦”了一声：“对了，忘记向你们自我介绍了。我想你们也许听过我的名字，我叫慕清。”

我们怎么会听说过他的名字呢？该说他是自信呢，还是自大呢？

在他报上自己的姓名之后，两个女生的额头上顿时出现了三条黑线，并摇着头异口同声道：“对不起，我没听说过。”

慕清的心态倒是异常的好，并没有显出任何难堪：“好吧，既然如此，我只好自报家门了——我是S市鼎鼎有名的雅致学院学生会主席，以礼待人，品格高尚，人送昵称‘清王子’的慕清。”

李敏扑哧一声笑了出来：“我说，你是不是应该在这段自我介绍后面加一句话呢？”

“嗯？”他满脸的不解。

“你应该加上，请大家投我一票！”李敏说完之后，忍不住捂着肚子大笑了起来。

林芷夏这时才后知后觉地按着李敏的肩膀，笑得浑身不停地颤抖了起来，好一阵之后才忍着笑语带歉意地说道：“对不起，我们不是在嘲笑你，只是觉得你非常有意思……啊，你不要误会，我其实是在赞美你。”

还没有缓过来的李敏一边笑着，一边点头。

慕清只是轻轻地眨了两下眼睛，无所谓地耸了耸肩膀：“没关系，能让两位笑得这么开心，也是我的荣幸。不过，为了表示礼貌，你们是不是也应该自我介绍一下？”

经过刚才开怀一笑，两个女生早就放松了戒备。

“我叫林芷夏。”林芷夏说完，指了指身旁的好友，“这是我的死党，李敏。我们跟你一样，都是S市雅致学院的学生。不过因为我们都是一年级新生，所以还不知道‘清王子’你这号风云人物呢。”

“刚才不过是开个玩笑，你们叫我慕清就好了。”说完，他指着身后的汽车，“既然你们都是我的学妹，那么我就应该尽学长的责任把你们安全送到目的地。你们上车吧。”

林芷夏和李敏点点头，弯腰坐进了黑色汽车的后座。

慕清帮她们关上车门，回到驾驶位上，发动了汽车。

黑色的汽车行驶在宁静的马路上，黑夜里只听得到汽车行驶的声音。

马路两旁的路灯和树木的影子映在车窗上，并不停地往后退去。

慕清是个很善于和人交谈的男生。

他的性格有点像云尚宇，都是温和有礼却不失风趣的人。不过相较之下，云尚宇比较正派认真，慕清却散漫随意了一些，说的话总能让人甜到心里，却又不会觉得他的话语缺乏诚意，让人觉得和他说话是一种享受。

“你刚才说过的话可要算数哦！”李敏双手抱着副驾驶座位的椅背，凑近他说，“那我们就说好了，新生报到那天，你要来帮我们办理入学手续哦。”

“那当然，君子一言，驷马难追。等会儿送你们到酒店，我们就交换一下电话号码，新生报到那天，只要你们打电话给我，我就算是在天涯海角，都会在十分钟内赶到的。”

李敏满意地点头坐回座位。

“啊，差点忘记一件事了。”慕清的语调突然提高，愉快地说，“王子要我谢谢你们请它吃了一只非常美味的盐焗鸡腿。”

林芷夏的脑海里浮现出一双晶亮的大眼睛和一条欢快地摇晃着的尾巴，不禁勾起了嘴角。

“你自己不就是王子吗？为什么还要给你的金毛犬取个名字，叫王子啊？”她问。

慕清呵呵笑了两声，说：“王子是我妈妈留给我的礼物，是我最看重的朋友，所以我给它取名‘王子’，意思是我是它的侍从，会一直在它的身边照顾它。后来进了雅致学院才有人叫我王子，我真是没想到我从侍从一跃成为王子的兄弟，还真是挺有意思的。”

“慕清，干吗妄自菲薄呢？”李敏拍了拍他的肩膀，真诚地说道，“我真的觉得你很帅，绝对对得起‘王子’这个称号。再说了，你现在就能拥有自己的汽车，肯定是个真正的‘王子’吧！”

“谢谢你的夸奖，不过我只是个穷小子。这辆不起眼的旧车其实是我爸爸留给我的，是我的另一件珍宝。”

慕清的话音刚落，李敏便心直口快地问道：“王子和汽车是你父母留给你的，难道他们都不在了吗？”

一片沉默。

慕清迟疑了一阵，微笑着说：“算是吧。”

林芷夏稍稍一愣，抬头从后视镜里看到了慕清的脸。

车顶挡住了月光，让她看不清他的眼睛，只能见到他勾起的嘴角，和煦的笑容。

他刚才回答的语气，就像在说着一件与他毫无关系，并且已经快从他记忆中消失的事情。

可是她清晰地记得他刚刚说过的每一句话，记得他说起王子和这辆汽车时，那种洋溢着幸福的语气，那些不正说明了他是一个非常重视自己父母亲的人吗？所以他根本不是觉得无所谓，他只是在伪装，他觉得只要这样就能忘记那些难过的记忆。

看着他勾起的嘴角，她似乎能看到他内心的苦涩。

但她探索不了深埋在他心中的记忆。

夜已深。

新月越升越高，散落的星星渐渐消失了，只剩下银白色的月光照亮了黑色夜幕。

风呼呼地叫着，似在倾诉着不为人知的故事。

时间过得飞快，很快便到了开学的日子。

雅致学院。

宏伟的校门两旁，种着成排的木樨树。

有一部分俗称“四季桂”，每月都开花，但香气并不十分浓郁。那些只在九、十月份开花的“八月桂”，叶片比四季桂的稍显青翠，光亮度也好一些，开花时候的香气更馥郁。

广场的正中央，男生和女生们都围在写满名字的红榜前，在榜单上查找和自己名字对应的班级，周围的同学们手里拿着红色的通知书，兴奋地聊着天。

李敏挤到了人群的最前面，微弯下腰，认真地看着榜单上的每一个名字。等确认了自己和林芷夏所在的班级之后，她激动地直起身体，朝在最外围的林芷夏挥挥手，大声地喊道：“嘿！芷夏，你在A班！”

原本喧哗的人群骤然安静了下来，大家都朝李敏看着的方向望过去。

人群外，一个扎着短短的俏皮马尾辫的女生因为突然受到瞩目而尴尬地红了脸。

那是个漂亮的女孩子，但她不同于那种用化妆品来打扮自己的女生，她的美是清新的，叫人忍不住想和她亲近。她白皙的脸上隐约透着一层粉红色的光，展现出少女的靓丽，而脸上那仿佛盛着阳光的两个梨涡，更加突出了她的甜美。

沉默只持续了短短的几秒，很快，周围的人开始交头接耳起来——

“你听到没有，那个女生居然能进A班。”

“嗯，我听到了。听说A班集合的都是家世或者学业极好的学生。”

“你说那个女生是家里很有钱呢，还是以非常高的分数考进来的？”

“看她的衣着打扮应该是后者吧。”

“哇，那她一定很厉害！”

“废话。”

……

李敏听到了周围人的话，不禁因林芷夏的优秀而感到自豪。她抬头挺胸地从人群中挤了出来，走到林芷夏的面前。

“你的座位号是32，通知上写着进教室之后，直接看黑板上的座位分布图，再对号入座就可以了。”她说着，把手上写了数字的小纸条交给林芷夏，“你还真厉害啊！据说每年以高分进入雅致学院A班的人很少哦，而且听说只要每年都能留在A班，到时候会保送去重点大学呢！”

林芷夏接过纸条，无奈地说：“小敏，你想得也太远了吧。对了，你在哪个班？”

“我在C班，跟你在同一栋教学楼，到时候下课我们要一起聊天也很方便。”说到这里，李敏突然想起了一件事，“啊，慕清不是叫我们今天给他打电话，让他帮我们办入学手续吗？”见林芷夏一脸“我现在才想起来”的表情，李敏用手推了推她的胳膊，“你打个电话给他吧，跟他说我们在校门口等他。”

“嗯。”林芷夏点了点头，拿出手机和李敏走到一旁的桂花树下，打开通讯录查找慕清的号码并拨通了电话。

电话在响了几声“嘟——嘟——”的长音之后，一个可以听出主人正在微笑的声音传了过来：“你好。”

听到这样清爽舒服的声音，林芷夏的声调忍不住提高了一些，变得愉快起来：“嗨，慕清，我是芷夏。”

“我知道，你们已经到雅致学院了吗？”

“来了有一会儿了，我跟李敏查完自己的班级了，刚想起来要打电话请你带我们去办理入学手续。”她说到这里，电话那边的慕清突然有些委屈地说："原来你们把我忘了，亏我今天一早起来就捧着手机等你们的电话，你们真是太让我受伤了。"

"好啦，我们错了。"林芷夏吐了吐舌头，赶紧表示歉意。

通过那天与慕清在车上的交谈，她早就清楚他并不是那种会因为这种事而受伤的人。不过，他偶尔喜欢把"难过、受伤、痛心"挂在嘴边，目的大概是为了撒娇吧。而且除此之外，她相信他肯定还有许多花花公子擅长的把戏。

"我跟小敏现在在校门口左侧的桂花树下，你要按照约定在十分钟内赶到哦。"

"得令！"

挂上电话的那一刻，一直站在林芷夏身旁听她跟慕清说话的李敏，突然激动地拽着她的手，指着校门口兴奋地叫道："哇！芷夏，你看，宾利！我第一次看到这么豪华的汽车，太帅了！"

此时，一辆汽车缓缓地停在校门口。

银色的汽车有着漂亮的流线型线条，烤漆外壳在绚烂的金色日光下反射着耀眼的光芒，车身如同宝石般夺目。

此时，周围响起了一阵尖叫声。

穿着天蓝色校服的学姐们似乎没有察觉到新生们诧异的眼光一般，从四面八方会聚到校门口，广场上的大部分新生也跟随着队伍围了过去。不一会儿，刚才还交通顺畅的校门口瞬间被堵得水泄不通了。

从尖锐刺耳的尖叫声中，林芷夏能捕捉到"云王子"和"曜王子"的称呼，她和李敏好奇地注视着银色宾利，想看看等会儿从那辆车上下来的到底是什么样的风云人物。

此时，透过人流的缝隙，她们勉强能看到汽车的后车门被缓缓地打开了，有两个男生从车子的左右两边优雅地走了下来。

左边那位有一头齐耳的柔软短发，脸上带着温柔的微笑，温暖得如同冬日里的阳光。

右边那位男生的短发利落硬朗，发丝根根竖起，看起来似乎比较难以亲近，他微仰着头，一脸孤傲的表情，也让人能轻易感受到他的冷漠与疏离。

他们的身材都修长挺拔，即使身处于一大群人中间，也如同两个发光体一般一下子就吸引了所有人的目光。

关上车门之后，靠近校门口的男生默契地等着另一个男生绕过车子，走到他的身边，随后两人并肩走进了雅致学院。

就在这时，无数围观的群众就像暗地里约定好了一样，让出一条两米宽的通道。

而那两人仿佛早就习以为常了，在众人的瞩目下，神情自若地朝教学楼的方向走去。

此时，“人肉通道”两侧响起一声接着一声的高分贝叫声：“云王子！曜王子！”

走在左边的男生朝呼喊着的女生看过去，投以微笑，随即引来了更大的尖叫声。然而右边的男生只要听到有人叫“曜王子”，便立刻瞪大了眼睛看过去，冷冷地说道：“吵死了，滚开。”

“芷夏，你说我是不是眼花了？”李敏难以置信地揉着眼睛，同时抬着头看着左边那个笑吟吟的男生，“我好像看到云尚宇了。”

“你没看错，那确实是云尚宇。”林芷夏惊喜地笑着说，但很快笑容便消失了，“而且他的身边还有一个酷得要命的家伙，好像是叫什么曜的吧？”

冷傲的翟雨曜似乎察觉到落在他身上的视线，迅速转头看向这边。

林芷夏没有想到他会突然用让人不解的眼神直勾勾地看着她，一时没有反应过来，她傻傻地愣在了原地。

短短的几秒钟，如同过了几个世纪一般。

喧闹的四周蓦地没有了声音，整个世界仿佛只剩下她和他。

当她回过神的时候，云尚宇也发现了她们。

此时，他正一边微笑着看着她们，一边在翟雨曜耳边说话，从他善意的眼神里就可以猜测到他大概是在说要过来和她们打招呼。

表情一直很冷漠的翟雨曜听完之后，傲然地转过头。

不用仔细去揣测，林芷夏仿佛能听到他从鼻腔里发出的冷哼声，她的眉头不由得因为他的无礼和傲慢而皱了起来，心里对他的印象又差了几分。

云尚宇似乎早就习惯了翟雨曜冷酷至极的个性，没有得到他确切的回应，他无所谓地径自朝两个女生走去。翟雨曜转头看了他一眼，露出不耐烦的表情跟着他走了过来。

“芷夏，小敏，你们好。”

云尚宇主动和两个女生打招呼的场面让围观的人群炸开了锅，顿时又爆发出一阵或羡慕或嫉妒的尖叫声。

翟雨曜不耐烦地回头，用冷得如同从北极射来的冰箭一样的目光扫了身后尖叫的人群一眼，众人立刻噤声。

上课的铃声恰好在这一刻响起了，众人如获得赦免般迅速拥向教学楼，那些新生也摸不着头脑似的跟着人流跑远了。

林芷夏和李敏目瞪口呆地看着在半分钟内就变得空旷的广场，随后转头看向翟雨曜，只见他紧绷的脸稍稍缓和了一些，脸上好像写着：哼，总算清净了。她们对视了一秒，最后摇头叹息了一声——迷恋翟雨曜这种男生的人注定是悲伤的啊。

“没想到大家都是雅致学院的学生呢！”李敏迅速恢复愉悦的心情，兴奋地说道，“哈哈，真是有缘分啊。看你们穿着雅致学院的校服，应该是学长吧，你们是二年级的吗？”

“嗯。”云尚宇点点头，然后指了指旁边的好友，“介绍一下，这是我的好友翟雨曜。对了，你们今天是来报到的吗？需不需要我们帮忙？”

林芷夏朝翟雨曜微微点头致意，然后向云尚宇回以感激的微笑：“谢谢你，不过我们已经和朋友约好了，请他帮我们办理入学手续，就不麻烦你们了。”

“既然这样，那我只能请你们吃晚饭了。”说着，云尚宇拿出手机，用食指在屏幕上敲了两下，俏皮地眨了一下眼睛说，“你应该还存着我的手机号码吧。”

“这怎么好意思……”

林芷夏本来想礼貌地拒绝，却被李敏抢过话头：“对啊，这样太不好意思了，应该我们请你吃饭才对。上次你那么帮我们，我们还没有正式跟你道谢呢！”

林芷夏侧过脑袋看向李敏，见到她此时的眼睛因为看到云尚宇而发出比太阳还要灿烂的光，心里忍不住偷偷发笑。为了在精神上和行动上都表示支持自己的死党，她在一旁认真严肃地点头，表示同意。

“不行。”看到李敏因为自己的拒绝而耷拉着脑袋，云尚宇不禁为她率真的样子而露出更深的笑意，“这次晚餐是为了欢迎你们成为‘雅致’的一员，如果你们要感谢我之前的帮助，只能预约下一次的晚餐了。”

李敏在心里暗暗叫好，表面却佯装镇定地微笑着说：“嗯，那就这么说定了。”

“对了，之前碰到你们，你们说要去H市的海洋公园玩，后来去了吗？”

林芷夏一直憋着笑，李敏现在肯定已经开心得语无伦次了。她忍住笑意，愉快地说着在海洋公园的经历：“嗯，我们去了，而且在那里玩了八个小时呢！我们坐了过山车、跳楼机、海盗船，这些都好惊险啊，下降的时候感觉整个人都飞起来了，心脏好像不在身体里面一样，那种感觉有点恐怖呢！”

“我们还去了鬼屋。”李敏指着林芷夏捂着嘴笑了起来，“这家伙胆子小得要命，才进去没两分钟就吓得拽着我逃出去了……”

“真没营养。”

他们三个正聊得热闹的时候，一个充满寒意的声音插了进来。

三人同时看向正环抱着双臂一脸不耐烦的翟雨曜，并且都为他那句突然说出来的话感到不解。

心里藏不住话的李敏立刻出声问：“呃……什么没营养？你是说早餐吗？”

翟雨曜轻轻地抬起头，睨视她一眼：“我说你们谈话的内容很没营养，像没见过世面一样，难为我跟尚宇要在这里听你们聒噪。”

两个女生的笑容瞬间僵住了，这时她们都在心里确定了一件事情——翟雨曜这家伙真的很讨厌！虽然他是云尚宇的朋友，但她们还是最最最讨厌他了！

“哎哟，有些人就是某种动物的嘴，吐不出象牙。”李敏皮笑肉不笑地和林芷夏说，“这种人根本不配叫‘王子’，应该叫‘雷阵雨’才对，因为他跟雷阵雨一样，总是阴沉沉的，看着就讨厌。”

翟雨曜恼怒地皱起了剑眉，瞪着她，冷冷地说：“你想死吗？”

因为有云尚宇在，李敏的胆子瞬间大了，她学着翟雨曜倨傲的模样，夸张地抬起头“哼”了一声：“哦，原来你知道我在说你啊！看来你还知道自己讨人厌，这说明你还不是完全无可救药，快点上医院去看看吧，晚了的话可能就没得治了。”

李敏的话让翟雨曜气得握紧了拳头，然而就在林芷夏以为他要揍李敏泄愤的时候，他却深呼吸了一口气，转过头不再与她争辩。

虽然死党帮着自己出了一口气，但她还是忍不住低声问云尚宇：“你们两个人的性格天差地别，怎么会是朋友呢？我们和他见过两次面，没有一次是相处得愉快的，你怎么受得了他呢？”

翟雨曜侧着脸没有反应，但是如果仔细观察，便能看到他的睫毛稍稍动了一下。

“你们都误会曜了。”云尚宇微笑着说，“其实曜并不像外表那样冷漠，他只是在伪装自己，如果你们能够真正去了解他，就会对他改变看法。实话告诉你们，其实曜是一个比我还要细心温柔的人呢。”

翟雨曜因为朋友的夸赞，脸颊不禁微微红了起来，他恼羞成怒地吼道：“云尚宇，你今天的话真多！”

云尚宇耸了耸肩膀，然后把右手食指放在唇上，一副“好吧，我闭嘴”的模样。

比云尚宇还要温柔的人……

两个女生互相看了对方一眼，费力地想象着翟雨曜勾起唇角，温柔微笑的模样。

接着，两人同时打了一个寒战。

那样的翟雨曜会很可怕吧！

就在这时，她们的面前突然出现了一个高大的身影。

两人抬头一看，发现是慕清，于是脸上纷纷露出了笑容。

林芷夏和他打了声招呼："慕清，你来啦！"

"让我看看时间，看看你有没有超过十分钟。"李敏调皮地笑道，同时从口袋里掏出手机计算时间，"差不多九分钟，慕清，你果然很讲信用！"

慕清没有说话。

早晨的阳光有些刺眼，薄薄的汗水从他的额头上冒出来，他看了翟雨曜一眼，漂亮的眼睛里闪过一丝诡异的寒冷，但是他很快便掩饰住眼里的情绪，笑眯眯地看着四人："嗨。"

而翟雨曜从慕清出现的那一刻起，嘴唇似乎抿得更紧了，他转头和云尚宇说："尚宇，已经迟到差不多十分钟了，我不想听班主任啰唆，该回去上课了。"

说完，他把慕清当成了透明人一般，仰着头从他的身边傲慢地走过。

"失陪了。"云尚宇微笑着对两个女生说道，说完便快步走上去，与翟雨曜并肩离开了。

慕清似乎毫不在意，继续笑着和她们说："你们要做好准备哦，今天是新生集合日。早上去学生处报到、办入学手续、交学费、体检，吃完午饭还要参加新生欢迎会和班级会议，一天下来就跟打了一场仗一样。"

"天啊，今天居然有这么多事情要做啊！"李敏哀号着，"结束之后我们的骨头不会像拆掉重组一样吧？"

"放心吧，总结成一句话就是，上午排队下午听废话，看开点就不会特别累了。"

慕清的话总是精辟又幽默，让两个刚刚还有着极大心理压力的女生立刻扑哧一声笑了出来。

"不过，"他清了清嗓子，得意地说道，"你们今天有我这个帮过无数个新生办理入学手续的学生会会长做你们的军师，肯定能很快摆脱痛苦的。”

“你差点吓死我们了。”李敏放松地吁了一口气。

林芷夏在一旁点头附和：“既然这样，那就请你快点带我们打完这场仗吧！”

“出发啦——”

在李敏举高双手一声令下后，慕清便领着她们朝通往学生处的林荫小道走去。

CHAPTER 4

第四章

如果是你来扮天使，才不会有人喜欢呢

在慕清的带领下，林芷夏和李敏很快便办妥了入学手续。同时，在慕清知道林芷夏因为自己的父母时常随考古队外出工作，需要在学校住宿之后，还帮她办理了住宿手续。

就在慕清帮林芷夏提着各种生活用品出现在女生宿舍的时候，两个女生见识到今天第二个浩大的场面——

慕清刚踏入宿舍区，分布在各个区域的女生们纷纷侧目看向他，并开始尖叫了起来。此起彼伏的尖叫声让宿舍楼上几乎所有的窗户都迅速打开，很多女生的脑袋从窗户内探了出来。

最夸张的是宿管阿姨们，此时她们非但没有和平常一样严肃地出声制止，反而和女生们一起红着脸，满脸笑容地注视着慕清。不过阿姨们毕竟年纪比较大，并没有像年轻女生们一样疯了似的尖叫。

周围和林芷夏一样没有穿校服的新生羞涩地问身旁的学姐："学姐，那位男生是谁啊？"

"他是我们雅致学院的学生会主席慕清。他很厉害哦，每年都是全年级第一，除此之外还很擅长体育，去年还获得过运动会十项全能呢！而且他还非常有亲和力哦，是我们学校三王子之一的'清王子'。"

"那另外两个王子是……"

另一个穿校服的女生凑过来兴奋地说："另外两个是'云王子'云尚宇，'曜王子'翟雨曜。云尚宇温柔俊雅，翟雨曜冷傲帅气，三个人每次出现总是能引起轰动。而且有趣的是，时间一长，你就能从围观人群的反应辨别出是哪一位王子出现了。"

“为什么？”又有几个新生围了上去，好奇地问。

“因为云尚宇气质优雅，粉丝会为此表现出淑女气质；而翟雨曜比较冷漠，所以他的粉丝只敢躲在一旁偷偷看他；慕清幽默可亲，他的粉丝们就算展露真性情也会得到一个包容的微笑，所以都比较狂热。

“不过也有例外的情况，就是每天早晨‘云王子’和‘曜王子’一起进入学校的时候，两人的粉丝会热情地围上去陪行。因为他们两个是很要好的朋友，而且只有在‘云王子’陪在‘曜王子’身边的时候，‘曜王子’才不会轻易动怒，即使对粉丝的当众告白感到很不耐烦，但是在‘云王子’的劝告下，他偶尔也会跟粉丝说声‘谢谢’再绕路离开哦。”

“那三位王子在一起的时候，又是什么场面呢？”

那位学姐思考了许久，惋惜地叹气道：“我至今还没见过他们三个人待在一起的画面呢。”

“听起来‘曜王子’好像很酷很帅哦！”

“你们这些小学妹就是没见识，万年冰山有什么好的，最可爱的当然是温柔又优雅的‘云王子’啦！”

“但是云尚宇对每个人都很好，总让人有一种他是真正的王子，太完美了反而很难接近的感觉，所以还是慕清最好了！他成绩优秀十项全能，不管谁和他聊天，总是能获得快乐。”

……

女生们讨论的内容几乎一字不漏地落入林芷夏他们的耳中，慕清似乎早就习惯了这样的场面，只见他两手提着行李箱，脸上仍保持着开朗的笑容与女生们打着招呼。

而林芷夏和李敏非但不习惯这种成为焦点的感觉，甚至还低着头小心翼翼地跟在慕清的身后，生怕会被这群疯狂的女生误认为是慕清的女朋友，而成为偶像剧里悲惨的女主角。

不过最令两个女生佩服的是，慕清一路走来，竟能准确无误地叫出不断过来与他打招呼的女生们的名字，同时亲和力十足地关心对方最近的生活，就连有些胆子比较大的一年级女生上前向他自我介绍时，他也能够迅速与别人熟络起来。

三人好不容易找到了林芷夏所在的宿舍，待关上宿舍门之后，两个女生这才放松紧绷的神经。

“慕清，你今天见过这么多女生，下一次碰见她们，你还会记得她们的名字吗？”林芷夏好奇地问。

“没问题啊。”慕清微笑着回答，“准确地记住每个女生的名字、性格、爱好，在对方需要帮助的时候伸出援手，这正是绅士必须做到的事情。”

慕清果真是个绅士，在安顿好林芷夏的住宿之后，他主动提出请两个女生吃午饭。

雅致学院，学生餐厅。

橘黄色的灯光照亮了铺着褐色地板的餐厅。

雅致学院不愧是S市最有名的重点学校，连餐厅都比一般的学校餐厅奢华许多。

整个餐厅划分为三大区域：外国文化餐饮区，自助餐区，中餐区。为了让学生能够清晰地辨认不同的区域，每个区域都有其独特的主题——

外国文化餐饮区的桌子上均铺着暗红色的桌布，桌上摆放的花瓶中插着两朵娇艳的玫瑰花，餐桌之间的隔板上摆放的薰衣草散发出迷人的清香。

自助餐区相对要比其他两个区域宽敞许多，中间有一个环形的柜台，摆放着各种造型漂亮的糕点，还有新鲜的水果。

最有特色的要算中餐区，这里用半透明的玻璃屏风把各个餐桌隔开，屏风上描绘着姿态各异的“岁寒三友”。餐厅的正中央修建了一个小小的喷泉池，喷泉池中间立着一座假山，假山顶上凿了一道溪流，水顺着小溪潺潺地流到了“悬崖峭壁”处，变成了“瀑布”，哗哗地落入池中。这样的环境能让人在感觉清雅安静的同时，享受到仿若在大自然中用餐般的愉快。

因此，林芷夏和李敏选择享用中餐。

“慕清。”李敏双手搁在餐桌上，用右手撑住自己的脸颊，说，“你告诉我，我们是不是不小心穿越到偶像剧里了？”

慕清用热水帮两个女生把桌子上的碗筷消毒之后，便将碗筷整齐地摆放在她们的面前，同时一边为她们倒茶，一边有些无法理解地问：“你为什么会突然冒出这样的想法？”

“因为雅致学院的王子真的很多。”说到这里，李敏竖起手指边数边说，“云尚宇、翟雨曜，还有你，三个人都是学校的风云人物，如果再来一个，就能演《流星花园》了。”

“对哦！”林芷夏觉得很有道理，笑着调侃他，“慕清，你完全可以出演‘花花公子’西门哦。”

慕清放下茶壶，佯装受到了严重伤害的模样：“拜托，虽然我确实长得很帅，也很受女生欢迎，但我是一位很尊重女生的绅士。对我来说，自己喜欢的女生保质期绝对是一辈子，如果老是交往保质期只有一个月的女生，那还不如吃方便面，方便面的保质期还有一年呢。”

林芷夏和李敏被他的言论逗笑了，特别是李敏，已经笑得趴在桌子上直不起腰来。

“这么说来，我把你跟西门放在一起，好像确实有点对不起你。因为总的来说，你跟《流星花园》里的那些少爷们还是有很大不同的！”见慕清此时好奇地看着自己，林芷夏直率地微笑着说，“因为你非常亲切温和，又肯帮助人，很像西方的贵族绅士呢。”

“嘿！芷夏，那我们以茶代酒，敬慕清绅士一杯。”性子豪爽的李敏话刚说完便拿起茶杯，伸直了手举到慕清的面前，“同时为了我们的友谊地久天长，干杯！”

林芷夏和慕清忍不住笑了起来，随即也跟她一样，举起了茶杯。

描绘着蓝色花纹的白色茶杯在半空中相碰，发出悦耳的瓷器碰撞的叮叮声。

橘黄色的灯光下，清澈的浅青色茶水在茶杯中摇晃。

三个人笑着将各自茶杯中的茶水一饮而尽。

慕清放下茶杯之后，又重新拿起茶壶帮两个女生添茶，见菜还没有上来，便继续说道：“说实话，你们两个丫头魅力也挺大的嘛。我记得翟雨曜和云尚宇在雅致学院读了整整一年书，没跟任何女生亲近过，没想到你们今天刚来，就和他们聊得那么开心……”

“不不不！”李敏竖起右手食指摆动了几下，“我们跟翟雨曜还有云尚宇不是今天才认识的。”

“哦？”慕清好像很感兴趣的样子，专注地望着她。

李敏一提起云尚宇，眼里便立刻闪烁出日月星辰都为之暗淡的光：“我们能够和云尚宇认识，这还要感谢芷夏做暑假工的那家超市的老板。要不是那个胖子恶意扣留芷夏的工资，我们就不会遇见仗义相助、俊美优雅、温柔体贴的云尚宇！”

但是一想到云尚宇的朋友——翟雨曜，她便立刻拉下脸来，那愤怒的模样就像见到了仇人似的：“至于翟雨曜那家伙就不要提了，他简直就是全世界脾气最坏、为人最傲慢、处事最无礼的家伙！哼，空有一副好皮囊，其实非常讨人厌！”

林芷夏在一旁点头附和：“没错，他要是出演‘道明寺’这个嚣张的有钱公子，只要本色演出，肯定可以胜任。”

“哦……”

此时，慕清有些不以为意地应了一声，然而当他拿着茶壶低下头给自己添茶的时候，脸上露出了若有所思的微笑。

一小片茶叶随着从茶壶中倒出的茶水涌入茶杯里。

小小的茶杯内，激荡起一阵旋涡，将茶叶卷入其中。

安静的中餐厅内。

没有人察觉，这茶杯中曾有过怎样的汹涌起伏。

下午。

雅致学院沐浴在午后灿烂的阳光中，如同落在S市这座沿海之城的一颗宝石一般。

这是相邻几个城市里占地面积最大的学校，学校内拥有大面积的教学区、实验区、体育区、宿舍区、休闲区……简直就是一座小型的城市。

雅致学院以白色为主调，仿造欧洲宫廷风格修建的建筑群别具雅致的特色。学校的校训是“追求，与时间赛跑”，因此，在校区正中央矗立的四面都有时钟的钟楼正是它最明显的标志。

校内种植着繁茂的树木，除了规划出来的活动场所，其他地方都像一片片小小的树林，在夏日里为学生们消散热暑的气息。

来过雅致学院的人回去之后闭上眼睛，脑海中便能浮现出白色的教学楼，碧绿的草地，深绿的树木，如火般艳丽的玫瑰花，嫩黄色的黄槐花……各种颜色相映成趣，让人有一种仿若置身于童话世界中的感觉。

刚参加完新生欢迎会，正一起去教室参加班级会议，同时顺便参观一下校园的林芷夏和李敏，也对雅致学院赞叹不已。

“芷夏，我真的觉得自己没有来错学校！”李敏在林荫小道上蹦跳着，欢呼道，“雅致学院真的是名不虚传，这里又大又美，能成为雅致学院的学生真是太好了！”

说完，她跑到正举着相机拍照的林芷夏身边，在她的耳朵边笑着说道：“我决定了，我要在这所漂亮的学校里谈一场罗曼蒂克的恋爱！”

“你能不能不要老是把精力花在犯花痴上啊？”林芷夏转头对她翻了一个白眼，接着又盯着照相机屏幕，继续选景拍照。

“拜托，我哪有经常犯花痴啊，我只是面对这样美好的景色，对浪漫的爱情心生向往而已。”

李敏一边说一边笑着勾住林芷夏的脖子，却发现此时林芷夏竟一动不动，眼睛直勾勾地盯着右边的草地。于是，她好奇地顺着她的视线看过去，只见不远处一个穿着白衣的少年正背靠在一棵榕树的树干上。

金灿灿的阳光穿过树叶的缝隙落入小树林中，如同天堂里的圣光，有着纯净的透明和耀眼的光芒。

少年的睫毛十分浓密，好似黑色的蝴蝶羽翼，在阳光的照耀下形成一片小小的阴影，落在他有些病态的白皙的脸上。

她们以为他在树下睡着了，他却在下一刻睁开了双眼。

似乎不喜欢突然而来的强光，他微微眯起眼睛，重新张开后，琥珀色的眼眸仿佛蒙上了一层梦幻的光泽。

李敏压低了嗓音，兴奋地说：“如果加上他，《流星花园》的阵容可就齐了！”

说完，她便径自冲上前去，微弯下腰，熟络地和少年挥手打招呼：“嗨，你还记得我吗？”

少年抬头看了她一眼，漂亮的眼睛里一片迷茫。

“我们在H市的海洋公园见过两次面，一次是在入口的地方，我跟朋友请你帮忙照相。”虽然他没有出声，李敏仍热情地笑着说道，“还有一次是在旋转木马那里。没想到我们这么有缘，都是雅致学院的学生。既然这么有缘分，那我们当朋友好不好？”

少年沉默了两秒，最后重新闭上了眼睛，仿佛李敏只是一只聒噪的小鸟，不小心闯入他的世界打扰到他，因此，他只是淡淡地瞧了她一眼，便选择了无视。

虽然自尊心有些受挫，但李敏还是不折不挠：“你似乎不记得我了，不过没关系，上次你在旋转木马上不是问过我朋友的名字吗？我猜你肯定记得她，她也是雅致的学生，我现在就带她过来跟你打招呼。”

说完，她立刻转身跑过去拉住林芷夏的手，拉着她一边走一边说：“芷夏，偷偷躲起来看人家很没礼貌哦，一起过去打个招呼吧！”

“什么啊，你是因为人家没搭理你，觉得不甘心，所以拉我陪你一起丢面子吧！”

“你放心啦！上次他不是问过你的名字吗？可见他对你就不会视而不见了。我的直觉很敏锐的，我敢肯定，他一定不会像无视我那样无视你的！”说完，李敏在林芷夏的背后推了她一把。

林芷夏被李敏推得一个踉跄，待站稳了回头望去，却见到李敏正两手握拳，用唇语说：“加油！”她无奈地叹了一口气，然后鼓起勇气朝辛哲走了过去。

“你好，我是林芷夏，你还记得我吗？”

背倚着树干的辛哲仿佛毫无知觉一般，继续闭着双眼。

他的脸色仍像那天一样苍白，阳光下的他如同纯白的天使一般。

尽管没有得到他的回答，林芷夏还是在他身边坐了下来。

辛哲的睫毛微微动了一下，接着又恢复了平静。

林芷夏坐在他的身边，安安静静地陪着他。其实不是她不想说话，而是她的内心也很矛盾和犹豫，不知道自己应该说什么。

气氛有些尴尬，她低下头，用手指抚弄着脚边翠绿的青草。

风从树林中穿梭而过，树叶在风中簌簌作响，有些树叶从枝条上脱落，在空中旋转着飘下。

有股微甜的沐浴乳的草莓香味顺着风势在辛哲的鼻尖萦绕。

少年的耳中霎时响起一个小女孩的笑声："小哲，你的草莓可不可以让给我吃？西西最喜欢吃草莓了，因为妈妈说草莓含有丰富的维生素C，要经常吃草莓才会漂亮。小哲你已经很漂亮了，所以草莓应该让给没有你漂亮的西西吃哦……"

想到这里，他忍不住睁开眼睛，转头看向坐在自己身边的林芷夏。

此时，她正低着头，柔软的刘海乖巧地垂下，往下一看是尖尖的下巴和纤长白皙的脖子。

林芷夏的脖子上戴着一条银色的项链。

辛哲轻轻地眨了眨眼睛，一道光芒突然落入他的眼睛里。他定睛看过去，那是一块碧绿通透的玉坠子，被雕刻成了四叶草的形状。

即使不拿过来看，他也能清楚地知道，那块四叶草玉石上面刻着一个很细小的"林"字。

因为有人告诉过他，那是世界上绝无仅有的一块玉坠子。

告诉他这件事的人，是他生命中最重要的人。

这块玉坠子就是那个人的所有物。

而他，终于找到她了！

林芷夏感觉到身体猛地被人紧紧抱住，仿佛是要将她揉入对方的骨血中，紧得让她无法呼吸。

她一时有些惊慌失措，挣扎着朝不远处喊道："救命啊！小敏，救我——"

李敏看到这一幕，吓得差点扔掉手中的相机，她快步走上前，破口大骂："浑蛋，放开芷夏！看你人模人样的，没想到居然敢在光天化日之下欺负女生，真是不要脸！”

辛哲置若罔闻，巨大的喜悦让他激动得红了眼眶。

他似哭似笑地呢喃着：“西西，是你吗？你终于出现了。你知道吗？我等你好久了，我等了你一天一夜，等了你好多个春夏秋冬，等了你很多年，可是我从来没放弃过，因为我知道，总有一天我会找到你，总有一天你会遵守约定来到我身边。”

他的话让林芷夏更加震惊了，她停止了挣扎，任由他紧紧地拥住她。

西西？这不是她以前的小名吗？

这个名字从她十岁之后就再也没有人叫过。在这个世界上，只有她的爸爸妈妈知道，连她最要好的朋友李敏都不知道的小名，为什么他会知道？

他到底是谁？

正当林芷夏陷入沉思的时候，李敏已经冲上来了，她用力想拽开辛哲的手臂。

这时，林芷夏感觉到辛哲并没有恶意，于是连忙用眼神制止李敏正准备揍他几拳的动作。

“请你冷静一下，先放开我好吗？”林芷夏温柔地说。

辛哲不舍地将她放开，定定地看着她，样子看起来很无辜。

看到他这个样子，李敏觉得自己已经下不了手揍眼前这个漂亮的男生了，于是松开拳头，但仍旧警惕地观察着他的一举一动。

可是她们没想到，辛哲竟突然勾起唇角，脸上绽放出一个无比灿烂的笑容。

那是一个比天使还要纯真，比阳光还要炫目，比蔷薇还要美丽的笑容。

那一瞬间，两个女生仿佛看到了万物复苏，春暖花开。

而他的眼里因为喜悦升腾起了水雾，在下一刻化成泪珠落了下来。

林芷夏这才回过神来，赶忙从口袋里掏出纸巾递给他，问道：“你到底是谁？为什么会知道我的小名？”

辛哲的手微微颤抖着接过纸巾，随后握在手心里，像握住了整个世界一样珍惜。

就在他要回答她的问题时，有一个人蓦地冲过来，紧张地询问：“我们听到了求救声，发生什么事情了？”

林芷夏和李敏同时转过头去，看到云尚宇正朝这边快步走过来，翟雨曜也跟在他的身后一同走到两个女生的面前。

看着平安无事的两个女生和她们对面微笑着的男生，云尚宇松了一口气，问：“到底是怎么回事？”

而翟雨曜似乎是不得已被云尚宇拉过来帮忙的，结果发现是一场误会，于是他不耐烦地抓了抓头发，不满地瞪着辛哲说：“怎么又是你在搞鬼？说实话你真的很烦，拜托你下次离我远一点。”

“咦，你们认识吗？”林芷夏感觉有些奇怪，因为辛哲不像是会跟翟雨曜那种暴躁的家伙有来往的人啊。

云尚宇看了看翟雨曜，又看了看辛哲，随即微笑着说道：“没什么，一场误会而已。”

原来刚才辛哲在教学楼下不小心撞翻了垃圾箱，当时翟雨曜正巧经过那里，便沉着脸命令他把地上的垃圾收拾干净，谁知道他居然沉默地站在那里，面无表情地看着翟雨曜。后来教导主任看到了，未查清楚事情的始末就一口断定翟雨曜才是弄翻垃圾箱的罪魁祸首。而在翟雨曜被教导主任训斥时，辛哲竟仿佛什么事情都没发生似的从他们身旁若无其事地走了过去，因此让翟雨曜心生怒气。

“哼！我看你们得小心这个家伙，别被他那天使的面孔和忧郁的眼神欺骗了。”

李敏却觉得翟雨曜特别小心眼，于是朝他做了个鬼脸：“能扮忧郁的天使也是人家的才能。如果是你来扮天使，才不会有人喜欢呢！”

“我要扮的话，也只会扮恶魔！”翟雨曜横眉竖目地冲她说道，“你等着，我一定会让你从雅致学院消失！”

见情况不妙，云尚宇连忙出来劝解：“好了好了，小敏你也太不应该了，你对曜的了解并不深，怎么可以就这样认定他是坏人呢？”解决完让好友发火的定时炸弹后，他接着安抚气急败坏的好友，“曜，我知道你受了委屈，也知道你正在气头上，但我知道你不是不能原谅女生说一两句胡话，随便就要别人好看的人。所以，如果你刚才是气急了才说出那样的话来，那就收回好吗？”

不忍见云尚宇为难，李敏红着脸轻咳了两声，然后小声地说：“好啦，对不起啦。”

翟雨曜这才消了气，傲慢地转过头“哼”了一声。

李敏不悦地背着他偷偷地做了一个鬼脸。

云尚宇看到后摇了摇头，觉得无奈又好笑。

然而这一切似乎都没有落入辛哲的眼里，他的世界里仿佛只有林芷夏，只有他记忆中的西西。

可是西西似乎不记得他了……

他有些失落地想着，但是很快又微笑起来。

没关系，他会告诉西西他们是如何相遇，如何成为好朋友的。

他相信，不管过去多少年，只要能够重逢，他和西西就一定能重新成为好朋友。

任何人都拆不散的好朋友！

云尚宇刚刚调停了翟雨曜和李敏的战争，雅致学院的校园广播紧跟着响起来了——

“通知，请一年级各班班主任与学生即刻前往各位所在的班级，参加新生班会。再通知一遍，请一年级……”

林芷夏听完广播之后，不好意思地朝云尚宇说道：“对不起，我想我们该去教室了，刚才给你们添麻烦了。”

“没事。”云尚宇不以为意，温柔地笑着说，“新生报到这一天有多忙，我跟曜这两个过来人不会不清楚，只要你们不要忙得忘了我们待会的晚餐就好了。”

“放心吧，这件事情我们肯定不会忘记的！是吧，芷夏？”李敏凑过来开心地说着，同时偷偷地朝林芷夏眨了眨眼睛。

看着李敏挤眉弄眼的模样，林芷夏觉得特别好笑，不过还是强忍着，挥了挥手：“嗯，那我们放学后见。”

说完，她和李敏转身，正当她打算朝教学楼走去的时候，她的左手突然被人拉住了。

她转过头去，才发现拉住她的是辛哲。

只见他的脸上已经扫去了之前的忧郁，此时他正带着绚烂的笑容愉悦地说：“西西，我们一起走。”

她能够感觉到他手掌的温度。

眼前这个脸色苍白的漂亮少年，五指修长，指尖微微发凉，只有掌心是温热的。似乎很久很久以前自己便牵过这样的手一般，熟悉而亲切的触感让她不自觉地想用自己手里的温度去温暖他冰冷的手指。

于是，她微微收拢五指，也和他一样牵着他的手，并温和地回应：“好啊。”

李敏见状，绕到辛哲身边继续找话题和他攀谈：“我叫李敏，是芷夏的死党，我在C班，你呢？”

知道李敏是林芷夏的好朋友，辛哲终于朝她打开了话匣：“辛哲，A

班。”

虽然对方的回答很简短，但是李敏已经非常激动了：“芷夏也是A班哦！”

林芷夏看了正用闪着兴奋光芒的双眼看着自己的辛哲一眼，微笑道：“我的座位号是32。”

“我是31。”

“31，32……你们不会刚好是同桌吧！天啊，你们太有缘分了！”

……

树林里的小道上，翟雨曜注视着女生与男生互相牵着的手，眉头不禁微微皱了起来。

一旁的云尚宇转过头，看到他抿紧的嘴，于是试探地叫了他一声：“曜？”

“嗯？”翟雨曜机械地应了一声。

云尚宇顺着他的视线，望了望渐渐消失在远处的三个背影，又重新看向他，问：“怎么了？”

“没什么。”翟雨曜闭上了双眼，按着自己的胸口，眉头皱得更加深了，“可能这里的空气不好，有点不舒服。”

他张开眼的时候，就看见云尚宇笑眯眯地看着自己，眼里闪烁着狡黠的光芒，他的脸霎时红了，如同温润的玉石被染上了红色的墨汁。

“喂，你要是再继续用这种奇怪的眼神看着我，我就把你揍得连阿姨都认不出你来！”

“好好好……”

云尚宇一连应了三声“好”，于是转过头不再看他，脸上的笑意却更深了。

见好友根本就没有将他的警告听进耳朵里，翟雨曜虽气急败坏，可也无计可施。树林里的草木在风中沙沙作响，他觉得好像连草木都在取笑他一般，更加心烦意乱了。

最终，他只好恼羞成怒地狠狠瞪了云尚宇一眼，随后转身快步离开。

CHAPTER 5

第五章

所以即使我只有你这一个朋友，也没有关系

同样就读A班，而且座位号相连的林芷夏和辛哲，理所当然成为了同桌。

雅致学院的教室宽敞明亮，而他们两人更是占据了靠窗的有利位置。

虽然厚重的窗帘挡不住盛夏火热的阳光，可是教室后的空调为整个教室带来了清凉。因此，坐在最靠近窗边位置的林芷夏并不觉得不舒服，反而为自己能够在上课的时候透过窗帘的缝隙，看到校园里美丽的景致而觉得幸运极了。

此时，班主任正在讲台上激动地讲述着他曾经经历过的精彩缤纷的校园生活，而辛哲则从背包里拿出一个有两只手掌般大小的布娃娃递到林芷夏的手里。

“西西，你还记得这个笑脸娃娃吗？”

林芷夏接过布娃娃，认真地看着它。

那是一个用粗糙的麻布手工缝制而成的布娃娃，它的模样看起来已经非常旧了，身体里的棉花已经干瘪。似乎因为主人很重视和喜爱它，布娃娃的脸上有一块地方由于经常被抚摸，颜色比其他地方的稍稍浅了一些，显得有些陈旧。但布娃娃十分干净，让人一眼就能看出主人对它的爱惜。

她看着布娃娃脸上用纽扣缝成的圆溜溜的眼睛，渐渐陷入了回忆的旋涡中……

H市。

善珍疗养院。

“院长，我的女儿就麻烦你帮忙照顾了。”

“哈哈，认识你这么多年了，还客气什么啊，只要你们夫妻两个从埃及考古回来记得给我带礼物就行了。”

而站在三个大人身旁的小女孩，双手牵着妈妈的手，一面好奇地东张西望着，一面在心里默默感叹——哇！这里好大哦，而且还有好多小朋友呢！

只见疗养院的院子里种满了绿油油的青草，几条弯弯曲曲的过道上铺着形状各异的鹅卵石，过道旁边有许多灰色的石凳，秋天的下午，天气好得不得了，石凳上早就没有空位了。

平整的草地上，穿着白色裙子的护士姐姐们正和一群小朋友们愉快地玩着游戏。

一、二、三，木头人！

老鹰捉小鸡！

跳橡皮绳！

……

都是她爱玩的！

咦？

正当她放开了妈妈的手，想跑到几个小女生中间请求加入她们的游戏时，她的眼角突然瞥到一个小小的白色影子。

哦，原来是一个小男孩。他一个人躲在角落里干什么呢？

带着疑问，她轻轻地朝男孩走了过去。

“嘿，你好。”

她站在他的跟前，亲切地笑着与他打了声招呼。

他没有搭理她。

“你好，我叫西西，能告诉我你的名字吗？”

他仍旧没有搭理她。

她有点生气了，嘟着樱桃般粉嫩的嘴唇，责备道："我妈妈说，当有人向我们表示友好的时候，就要同样友好地回答人家，所以你这样是很没有礼貌的行为哦！"

小男孩还是没有回应她，但是总算有了一点反应，他抬起头冷冷地看了她一眼，便又重新低下头，一动不动地盯着自己的鞋子。

仅仅就是这一眼，却让女孩瞪大了双眼，随即安静地在他的身边坐下。

因为他真的是太好看了！

他的头发黑黑软软的，睫毛好像芭比娃娃一样卷翘，眼睛十分漂亮，在阳光下闪烁着比钻石还要夺目的光芒。

穿着白色衣服的他，就像童话书里的天使一般纯洁无暇。

空气中萦绕着淡淡的草莓清香。

见她久久都没有离开，小男孩忍不住转过头看向她。

小女孩从怀里拿出一个做工很粗糙的布娃娃，温柔地帮娃娃整理着衣服，就像一个充满爱心的公主。

似乎察觉到他的视线，她转过头，看到小男孩正默默地注视着自己手上的布娃娃。

她皱着眉头思考了几秒钟，然后伸出捧着布娃娃的双手："喏，送给你。"

男孩抬头看了她一眼，眼睛里充满了疑惑，那样的眼神仿佛在问"为什么"似的。

"这个布娃娃是我妈妈在我七岁生日的时候送给我的，她说她跟爸爸经常外出考察，西西会很寂寞，所以做了一个布娃娃给我。妈妈还说，好的东西要懂得与别人分享，这样人家才会喜欢你。你看起来好像比西西还要寂寞，西西也很喜欢你，所以我要把它送给你。”

说完，她把布娃娃塞进他的手里，随后俏皮地眨了眨眼睛，继续说：“我妈妈还说过，收下别人的礼物就要和别人当好朋友哦。现在你拿着西西送给你的礼物，所以你要跟西西当朋友，知道吗？”

男孩看着布娃娃，用手指戳了戳它圆滚滚的脸，随后朝她点了点头。

其实在男孩的眼里，布娃娃不仅做工粗糙，而且十分丑陋，他对它根本没有兴趣。能让他提起兴趣的，实际上是眼前这个笑容甜美的小女孩。可是她说，他要接受她的礼物，他们才能当朋友，所以他就勉为其难地收下它了。

他轻轻地抚摸布娃娃的脸颊，嘴角勾起浅浅的笑……

林芷夏从回忆中拉回思绪，忍不住伸出手指，动作轻柔地抚摸着布娃娃脸上颜色比较浅的地方，眼睛里漾起一层薄薄的水汽。

现在距离那时已经好几年了，她几乎已经忘了这件事情，完全没有想到，这些年来辛哲一直保存着她送给他的见面礼，并且将它视为珍宝好好保存着它。

她揉了揉发酸的鼻子，把布娃娃还给他，并说：“我记起来了，十岁那年，我们在疗养院第一次见面的时候，是我把它送给你的。”

辛哲高兴地笑着点头：“嗯！你离开疗养院之后，这八年来，都是它陪在我身边。虽然它长得不漂亮，但因为是你送的，所以它一直都是我最珍视的东西。每次只要一看到它，我就能够想起和你在一起的美好时光。”

“我想，如果它有思想，肯定会成为你最好的朋友。”见他一脸不解地看着自己，林芷夏微笑着解释，“因为你把它当成最重要的东西去爱护，所以它肯定会像你喜爱它一样喜爱你的。”

辛哲看了布娃娃一眼，随后抬头看着她，认真地问：“那如果我对西西好，西西会不会也喜欢我，并且像小时候那样陪在我身边？”

林芷夏点了点头，展露如清风般甜美清爽的笑容：“那是当然啦！”

于是，辛哲也笑了。

他的眼睛微微弯了起来，眼里闪烁着晶亮的光芒。

那样的笑容如春天的阳光般能够让冰山积雪融化，让树木冒出美丽的新芽。

林芷夏一早便做了预测——

辛哲拥有特殊的忧郁气质和出众的美貌，凭借着这两点，假以时日，他在雅致学院的名气肯定和翟雨曜、云尚宇和慕清这三位“雅致”的王子不相上下。

但她没有预料到雅致学院虽大，消息传递的速度竟如此快。

只是短短一天的时间，几乎全校的人都知道一年级A班有一个王子般的人物存在，因此在班会休息十分钟的时候，A班外聚集了无数围观的人群。而A班的女同学们则近水楼台先得月，纷纷在班主任走出教室后第一时间围上去主动和辛哲搭讪，其热情和疯狂的程度比李敏第一次遇见辛哲时有过之而无不及。

“辛哲，听说H市的海洋公园是你家开的，以后如果我去玩，可以免费吗？”

“我说你真是肤浅，辛哲是我们的同学，你怎么能占同学便宜呢？喏，辛哲，找时间我们去海洋公园玩，我肯定会主动买门票的！”

“辛哲，我家在S市中心开了一家电影院，我请你去看电影吧？”

“听说你的成绩非常好，以后我有问题可以来请教你吗？”

……

被团团围住的辛哲沉默不语，脸上的表情毫无变化，不管周围的人怎么吵闹，他始终没有任何回应。

教室里喧闹的声音渐渐小了下来，碰了一鼻子灰的女生们纷纷失望地回到各自的座位上，但是没有停止讨论。

“你看到没有，他完全不理我们！”

“是啊，好冷淡哦！”

有女生数着手指算：“雅致学院已经有‘曜王子’，‘云王子’，‘清王子’，再加上辛哲就有四位王子了。如果要为辛哲取一个称号，我觉得他应该叫‘冷王子’。”

“我同意！”

“我赞同！”

“我附议！”

……

不过几天时间，“冷王子”的称号便被传开了。

辛哲的粉丝数量急剧上升，经过无数人的观察，大家确定了一件事情——

“冷王子”辛哲对于外界发生的事情根本无动于衷，不管是谁主动上前与他搭讪，他都置若罔闻。而唯一能够与他正常交流的便是林芷夏。除此之外，还有李敏也能与他说上几句话，但是话题必须与林芷夏有关。

因此，近来雅致学院最热门的话题就是林芷夏与辛哲之间的关系，同时有很多八卦流传开来，故事内容虽然大不相同，但是都围绕着同一个主题展开——林芷夏和辛哲是情侣。

而林芷夏也渐渐觉得辛哲似乎过于依赖她，几天过去了，他依然不肯叫她的名字，仍是习惯称呼她为“西西”，并且在学校里总是寸步不离地跟着她。

就连现在，她受到老师的指示，在上课的时候到教师办公室拿作业簿，他都要坚持和她一起去。

想到这里，她忍不住善意地建议道："小哲，我觉得你应该和其他同学聊聊天，这样才能拥有更多朋友。"

"我并不喜欢和西西以外的人聊天，因为他们都很无聊。"见她叹了一口气，辛哲立即讨好地朝她笑了笑，"但是，如果你希望我能多结识朋友，我会努力试试的。"

"你的世界不应该总是围着我打转，认识更多的朋友这种事情，应该是为了你自己，而不是因为我喜不喜欢。"林芷夏一面快步走着，一面耐心地劝说，"你应该一直很孤单吧，所以现在你更要敞开胸怀接受别人，才能变得快乐啊。"

知道她是在关心自己，辛哲心里甜滋滋的，脸上露出一个灿烂的笑容："只要西西一直在我身边，我就觉得很幸福了，所以即使我只有你这一个朋友，也没有关系。"

他的话让林芷夏再一次陷入了回忆中……

秋天。

大榕树下。

十岁的小辛哲抱着娃娃靠在树干上安静地睡觉。

他的脸上带着微笑，胸膛因为呼吸而不停地起伏着，一些璀璨的光斑落在他白皙的脸蛋上，但熟睡的他丝毫没有察觉。

小芷夏见状，轻轻地蹲在他的面前，手里拿着一根细小的嫩绿青草，用柔软的草尖扫过他的脸颊。

睡梦中的辛哲抬手无意识地在脸上抓了抓，很快又将手放在娃娃的身上继续熟睡。

小芷夏见状，捂着嘴巴嘿嘿地笑了起来，正当她重新举起青草，打算继续戏弄他的时候，身后突然传来一个声音——

“西西。”

她转过头去，看着高大的男人，甜美地笑着喊道：“院长伯伯。”

“嗯，乖。”疗养院院长弯下腰，用温热的手掌揉了揉她柔软的头发，同时看着小辛哲，温和地对她说，“西西你知道吗？小哲来疗养院这么久，从来没有人能和他亲近，但是西西来的第一天就和他成为好朋友了，你真是了不起呢。”

“因为小哲长得像天使一样漂亮，所以我看到他的第一眼就想，我一定要跟他做好朋友！其实小哲对西西很好哦，为什么其他人都不和他做朋友呢？”小芷夏皱着眉头，不解地问。

院长摇了摇头：“西西误会了，大家都和西西一样很想跟小哲做好朋友，可是小哲的心生病了。”说着，他指着自己心脏的位置，“小哲只肯和西西做朋友，所以院长伯伯希望西西你在疗养院的这段时间好好和小哲做朋友，开导他，好吗？”

什么？原来小哲的心有问题。难道是像电视剧里面的主角一样患了随时会被夺去生命的心脏病吗？

小芷夏这么想着，随后严肃地看着院长的胸口，又转过头看向辛哲起伏的胸膛，最后朝院长郑重地点了点头：“西西会和小哲做好朋友，而且会好好对小哲，让他尽快好起来！”

林芷夏记得小时候自己与院长伯伯做了约定之后，便不再在吃饭的时候把自己不喜欢吃的葱姜拨进小辛哲的碗里，也不会狡猾地骗他把草莓让给她吃，更不会要他爬到树上去帮自己摘香气宜人的玉兰花……

直到有一天，她在院长室的门口听到院长和辛哲的爸爸谈论辛哲的病情时，提到了“自闭症”这三个字。

当时年纪还小的女孩根本不知道“自闭症”这三个字意味着什么，她以为那只是心脏病的一种。

而随着她与辛哲的分别，时光埋藏了许多小时候的记忆，现在回想起来，她总算知道了辛哲对别人冷淡的原因。她为此觉得心疼不已，便不再要求辛哲要学会如何去交朋友。她在心里暗暗决定了，要好好对待辛哲，了解他心里的想法，帮助他慢慢地治愈他的“自闭症”。

“小哲，相信我，你能得到的幸福一定不只有这一点。”

辛哲虽然不明白她为什么突然这么说，但因为是她说的，所以他选择无条件地信任她。

他点了点头，愉悦地应了一声：“嗯。”

教师的办公室在教学楼旁边的行政楼里。

此时正是上课时间，周围除了隐约传来的读书声，相对比较安静。

林芷夏和辛哲走到教师办公室外的走廊上时，楼梯处突然传来一声尖叫。

两人不约而同地朝声音传来的方向看去，便看到一个女生摔倒在地上，她手中拿着的一叠试卷四散开来，然后缓缓地飘落在地上。

女生摔倒的时候，厚厚的眼镜掉在了地上。

她似乎没受什么伤，很快便爬起来，双膝跪在地上，双手在地上摸索着找她的眼镜。

林芷夏正要过去帮忙，却见一个身材如模特般挺拔匀称的男生从楼上走了下来，他弯下腰从容地帮女生捡起散落一地的试卷，并将收拾好的试卷放在她的身边，随后拾起掉在角落的眼镜，交到她的手里。

女生不停地冲着眼前模糊的人影道谢，对方却一言不发地转身走下楼梯，当女生戴上眼镜之后，身边早就没有人了。

林芷夏好奇地伸长脖子，想看清男生的模样。

很快，她便看见一个男生从行政楼走了出去，可是位置在他上方的她根本无法看清他的容貌。

正当她要放弃的时候，却看到远处有另一个男生朝他挥了挥手，并走了过去。

挥手的那个男生竟然是云尚宇。

那么，刚才那个男生，难道是那个酷酷的翟雨曜吗？

她心里这么想着，便听到云尚宇温和如水的声音：“曜，我妈妈说今晚做了你喜欢吃的菜，让我请你去我家吃晚饭。”

天啊！

真的是他！

惊讶不已的同时，林芷夏的耳中不由得响起云尚宇之前说过的话——

“其实曜并不像外表那样冷漠，他只是在伪装自己，如果你们能够真正去了解他，就会对他改变看法。实话告诉你们，其实曜是一个比我还要细心温柔的人呢。”

想到这里，她又忍不住摇了摇头。

也许翟雨曜刚才只是觉得女生挡到他的路了，并且他刚好心情不错才顺手帮女生收拾的吧。

尽管这样，她对他的印象多少还是有些改变。

从那之后，林芷夏便时常在校园的各处遇见翟雨曜。

而每一次，只要云尚宇没有和他在一起，他们仅仅是礼貌地打完招呼就完全不知道应该说些什么了，只好尴尬地挥挥手或者点点头。

时间犹如白驹过隙，飞驰而过。

转眼，林芷夏进入雅致学院已经有一个月的时间了，空气里的炎热渐渐消退，总算迎来了难得的阴雨天。

作为今天的值日生，林芷夏打扫完整间教室后，便提着两个黑色的垃圾袋走向教学楼后面的垃圾站。

辛哲在她的身后帮她撑着雨伞。

林芷夏见他为了不让自己被雨淋湿几乎把雨伞全撑在她的上方，而他的肩膀却被雨水淋湿，于是她忍不住气恼地望着他："跟你说了我自己能行，你的身体本来就很虚弱，这会儿还淋雨了，你要是生病了，我会好过吗？拜托你照顾好自己，不然还要我照顾生病的你，我会更累哦。"

听着她善意的责备，辛哲笑着听话地把雨伞往自己的头顶上移动了一些，可是在她没察觉的时候，又悄悄地把雨伞往她那边移了过去。

清楚辛哲不会乖乖听话，林芷夏只好迅速走到垃圾车旁，将两袋垃圾扔进垃圾车里，拍拍手打算离开。

然而就在她转身的时候，眼角的余光瞥到了角落里一个撑着雨伞的人影。

雨哗啦啦地下着。

透过雨雾，她依稀辨别出那个人是翟雨曜。

他站在一个纸箱子前，一手撑着雨伞挡住将要落进纸箱里的雨水，一手拿着手机不停地按着键盘，脸上一副紧张而认真的表情，似乎是在玩游戏。

她不由自主地走上前去，想看看他现在在干什么。

当她与他相距五步远的距离时，她听到一阵很轻柔悦耳的猫叫声，随后便朝纸箱里看去。

只见土黄色的纸箱里，一只小猫正埋着头，时而吃着散落在箱子里面的面包屑，时而用舌头舔了舔身旁盘子里的牛奶。

察觉到有人朝自己走过来，翟雨曜抬起头，见到林芷夏正一脸讶异地看着自己，脸上忍不住泛起了如同被晚霞染红的云彩一样的红晕。

时间仿若停止了一般，雨停了，太阳挣脱了乌云的束缚。

一束阳光照射下来，就像从天堂中穿透层层云雾直射下来的圣光，落在翟雨曜的身上。

那一瞬间，站在雨中为被遗弃的小猫挡雨的他，完全没有以往的霸道和傲慢，这样的画面给林芷夏的震撼非常大，翟雨曜与天使竟然也能画上等号。

感觉到了两人之间异常的气氛，辛哲的眼里闪过一丝不悦。

但是，很快他便松开了皱着的眉头，用微微颤抖的声音对林芷夏说："西西，我觉得有点冷……"

林芷夏回过神来，同时抬头看了一眼头顶上方的雨伞，伸手拿过雨伞，并将它偏向辛哲："你真是……"抱怨的话到嘴边又咽了下去，"哎，我说你啊，能不能重视自己多过重视我呢？你知不知道你这样会很吃亏的！"

"才不会呢！"辛哲愉快地笑着，仿若想让全世界的人都听到一般大声地说，"我重视西西，所以对西西好，而西西重视我，所以才会通过告诫我要对自己好来表示对我的关心。所以我一点都不吃亏哦！"

说完，他用眼角的余光看了翟雨曜一眼，并且在翟雨曜朝他们看过来的时候牵起了林芷夏的手，关切地说："快回去吧，要是感冒就麻烦了。"

说完，他不给她继续说话的机会，牵着她快步走回教学楼。

站在雨中的翟雨曜眯起双眼，看着林芷夏和辛哲彼此牵着的手，握着雨伞的手不自觉地用力收紧，而他向来冰冷的双目中也涌现出了一丝异样的情绪。

中午。

雅致学院的学生餐厅。

与幽静的中餐区和西餐区相比，自助餐区的气氛显得十分热闹。

餐厅的正中间是一个环形的食品区，各种糕点、海鲜、寿司、浓汤……整齐地摆放着，而饮品则由专门的吧台提供。大厅里，所有的桌子都围绕着食品区。

林芷夏、辛哲和李敏三人占据了角落里一张靠窗的桌子，选择这个位置一方面能够在享用午餐的时候欣赏餐厅外的景色，另一方面辛哲不喜欢吵闹，角落的位置能够给他们带来一丝清净。

“我真是羡慕啊！”

李敏手里捧着一个白瓷盘子朝坐在餐桌前的林芷夏走了过去，并酸溜溜地说：“有人懒洋洋地坐在窗前晒太阳就有东西吃，我却要自己动手才能丰衣足食，这是什么世道啊？”

林芷夏接过辛哲递过来的餐盘，愉悦地笑着和他道了谢，然后拿起叉子满足地吃了一口蛋糕，这才朝正不满地吃着寿司的李敏说：“因为我和小哲是好朋友啊。”

“去你的。”李敏朝好友翻了一个白眼，随后笑眯眯地看着辛哲，用温柔得能够掐出水的声音问，“辛哲，你就不能对我跟对芷夏一样好吗？”

辛哲抬头看了她一眼，眼神有些迷茫。

李敏放下手中的筷子，抬手用两只食指指着自己的脸颊，侧着脑袋努力让自己显得更加可爱：“辛哲，你说我跟芷夏相比，是我长得好看，还是她长得好看呢？”

辛哲沉默了一会儿，然后皱着眉头困惑地说：“这个问题还用问吗？我觉得无论跟什么人比都是西西长得最好看。”

本来想调侃一下辛哲的李敏，被他直白的回答弄得笑容都僵了，她缓缓地放下双手，半晌才找回自己的声音：“哼……”

“拜托，小哲只是陈述事实好吗？”林芷夏被辛哲的回答逗乐了，捂住笑痛的肚子趴在桌子上，肩膀控制不住地不停抖动着。

“不，我觉得除了你，任何人在他的面前都是一块肉饼。”李敏夹起一块寿司，放进嘴里恶狠狠地嚼着，咽下去之后，又惨烈地哀号道，“啊，童年的回忆真是太可怕了！”

“好啦！同样身为你这么多年玩伴的我，不会对你置之不理的，你想喝什么饮料，我帮你去拿。”

“哼，算你有点良心。”李敏立即眉开眼笑，“我要一杯草莓奶昔。”

林芷夏又无奈又好笑地叹了一口气，然后转头问辛哲：“小哲，你呢？”

“我要橙汁，我陪你一起去。”

见他推开椅子要站起来，她立即按住他的肩膀，让他坐了回去：“好啦，我只是去一下吧台，又不会走多远，最多三分钟就能回来。你不用特意陪我过去，因为你现在最重要的事情就是乖乖吃饭，知道吗？”

说完，林芷夏往吧台的方向走去。

“你好，我要一杯草莓奶昔，一杯橙汁，还有一杯香芋奶茶。”

“好的，请你稍等。”

告诉了服务员自己要的三杯饮料后，林芷夏转身看向窗边的餐桌，发现被勒令留在餐桌前等她回去的辛哲虽然没有跟在她的身边，但是他的视线似乎一秒都没从她身上移开过，因此她刚转过头去，他便已经举起了右手微笑着朝她挥了几下。

她也轻轻地挥挥手，表示回应。

突然，有一个人影从她的眼前闪过，随后是几声清脆的瓷器掉在地上的碎裂声。

当她回过神来的时候，便看到一个女生趴在地上，模样十分狼狈。女生的手边散落着碎成几块的白色餐盘，餐盘里的食物掉在地上，瓷砖地板上一片狼藉。

女生两手撑着地板艰难地站了起来，她看着满地的食物愣了几秒钟，随后气呼呼地瞪向一旁的几个男生。

被刚才的声音吸引了注意力的同学们，纷纷顺着女生的视线看向那几个男生。

那几个男生顿时成为焦点，觉得周围的人都用责备的眼神望着他们，似乎面子有些挂不住，便同样愤怒地回瞪着女生，恶人先告状道："喂，你看什么看？明明是你自己撞上来的，还要装无辜给别人看吗？"

女生觉得不可思议，眼睛瞪得更大了。

"好了，不要生气了。你瞧那家伙胖成那样，走在这条过道上，会撞到人也是正常的。"

"就是说啊，自己胖就不要出来碍着别人的路好吗？"

几个男生见自己的话让有些人掩嘴偷偷地笑了起来，于是说得更加夸张了："喂喂喂，别再瞪着眼睛装无辜了，好了好了，最多我们自认倒霉，下次看到走路像企鹅的胖子，直接绕路走就是了。"

"你们……"被他们轮番取笑的女生气得眼泪都落下来了，但是不知道应该怎么反驳，只得举起自己的手，用衣袖不停地擦着泪水。

几个男生此时非但没有停止，还得寸进尺地继续说："好了，你不需要为撞到我们而自责，以后小心点就……"

他的话还没说完，便有一个冰冷的声音插了进来："滚开，你们挡到我了！"

这个霸道冷冽的声音让所有的人把注意力都放在了声音的主人身上，很快，自助餐厅里响起了女生们的尖叫——

"曜王子！"

"云王子！"

刚才还很嚣张的几个男生抬头看向眼前身材挺拔的少年，在他极具威慑力的冷漠眼神下，紧张地咽了一下口水，然后一个接着一个灰溜溜地逃出了自助餐厅。

解除了障碍的翟雨曜径直走向吧台，停在林芷夏的身边，朝靠在吧台上的服务生说："两杯拿铁。"

"翟雨曜，你难道是特意过来帮那个女生的吗？"林芷夏犹豫了一会儿，还是忍不住有些疑惑地问。

翟雨曜看了她一眼，转过头，用眼神示意她看向云尚宇："是尚宇说要帮她。我只是过来拿饮料，碰巧那几个男生挡着我的道，我才出声叫他们滚开的。"

林芷夏看着此刻在云尚宇的安慰下，正用纸巾擦着泪水不停地和他道谢的女生，同时用眼角的余光偷偷地观察翟雨曜，很快她便察觉到他在暗地里松了一口气。

然而就在下一秒，他又露出十分不耐烦的表情，喊了云尚宇一声："尚宇，你无不无聊啊，拿个饮料都这么多事！"

云尚宇苦笑着摸了摸的鼻子，和女生道别后便走过来和林芷夏打招呼：

“嗨，芷夏。”

“你好，你们也是来吃午餐的吗？”见他点头，林芷夏微笑着提出邀请，“既然这样，我们就一起坐吧，我和李敏还有辛哲就坐在那边靠窗的位置。”

两个男生顺着她手指的方向看去，便看到热情地朝云尚宇挥手的李敏，还有神情复杂地关注着这边动静的辛哲。

云尚宇明白翟雨曜心里有多不喜欢辛哲，于是善意地问：“曜，过去吗？”

翟雨曜习惯性地用鼻腔冷冷地“哼”了一下，然后反问：“为什么不？”接过服务员递过来的拿铁咖啡后，他率先朝窗边走了过去。

兴奋的李敏待云尚宇坐下之后，便激动地和他说：“尚宇，你刚才真是太帅了！你不知道，今天餐厅里几乎所有的女生都为你温柔安慰女生的绅士举动而倾心哦！我在这里都能看到每个女生的眼睛都变成了不停跳动着的粉色桃心呢！”

“谢谢你的夸奖，不过，这么夸张的赞扬听起来总觉得有些不真实啊。”

“啊，被拆穿了。”李敏的脸颊顿时泛起一层红晕，她不好意思地抓了抓头发说道，“不过，如果是在漫画世界里，我肯定我说的那一幕一定会发生的。因为相比一些一出现就给人一种冷暴力印象的人，你实在是太完美了！”

翟雨曜眉头一皱，不悦地反击：“不停聒噪的女生形象也好不到哪里去。整天只知道犯花痴，对那些扮大使装忧郁的男生一点抵抗力都没有，真不知道这种人是凭借什么才能进雅致学院的。”

“喂，你说我就够了，干吗要扯上辛哲啊？就算你们之间有误会，那件事情也已经过去一个多月了，你怎么还这么小心眼呀！”

“也不知道是谁先吵起来的，现在居然也好意思替别人装无辜斥责我小心眼，这真是可笑。”

“你……”

见李敏气呼呼地把手中的叉子拍在桌子上，向来好脾气的云尚宇忍不住皱起眉头：“好了，你们两个人怎么老是一见面就吵架？不清楚状况的还以为你们两个是幼儿园的小朋友呢。”

虽然有云尚宇在中间劝解，然而李敏和翟雨曜仍是觉得对方怎么看都不顺眼。

两人互相用恶狠狠的眼神看着对方。

空气中似乎有两道不同颜色的激光在餐桌上互相碰撞，并不时爆出可怕的火花。

几秒钟之后。

两个人同时冷哼了一声，别过头去，并捧着餐盘，如同与敌人战斗般撕咬着盘子里的食物。

林芷夏和云尚宇对视了一眼，随后苦笑着耸了耸肩膀，表示“我也无能为力”。

而辛哲则完全置身事外，仿若什么都没发生一样，沉默而优雅地吃着自己的午餐。

这天晚上。

林芷夏接受李敏的邀请和她的家人一起吃晚餐，并在她家睡下。

头一碰到枕头，她便很快陷入混沌的状态，然而迷迷糊糊中，却感觉到李敏突然翻身面对自己，并在她的耳边兴奋地说：“芷夏，你说这个世界上怎么有那么完美的人呢？”

“嗯？”她声音含糊地回答，“你是说今天晚上电视剧里面的男主角吗？我觉得还好啦。”

“拜托你清醒一点听我说话好吗？”李敏用手晃了晃她的肩膀，说，“我说的是云尚宇啦！你记不记得，今天他在餐厅里温柔地安慰那个被嘲笑的女生，当时我觉得自己不只是对他犯花痴，而是真的陷进去了。”

李敏激动的话语把林芷夏从睡梦中拉回了现实。

她揉了揉眼睛，一边打着哈欠，一边说道：“恭喜你，但你喜欢云尚宇又不是今天才发生的事情，犯得着把我摇醒吗？”

“芷夏，我不是在开玩笑！”李敏着急地解释，“我是真的喜欢上云尚宇了，因为我的心里已经在不停地计划着应该如何向他告白。现在，我的心跳得好快，都睡不着觉了。”

林芷夏这才清醒过来，她认真地盯着李敏通红的脸颊，许久才说：“你是认真的？”

李敏郑重地朝她点了两下头，回答：“我对天发誓，这次绝对不是简单的犯花痴！”

“好吧，祝你成功。”

说完，林芷夏重新躺下，并盖上被子，打算继续回到甜蜜的梦乡中。

拜托，她早就察觉到小敏对云尚宇的心意，和以往的犯花痴完全不同。现在小敏能正视自己的心，并且打算向他告白，也早就是她预料中的事情。而她唯一能做的，只是希望云尚宇也有和小敏一样的心情，不过，这些都不能影响她正常的睡眠。

“林芷夏！十点半过后，你就变成猪了吗？你认真听我说完会死啊！”

耳边传来李敏的怒吼声，林芷夏只好用手抓了抓被她的声音震得发麻的耳朵，最后掀开被子重新坐了起来："行行行，你还要说什么，麻烦你快点说完。还有请你小声一点，吵到叔叔阿姨休息就不好了。"

"我想说，到时候如果我向云尚宇告白成功成为情侣之后，剩下你一个人岂不是很可怜？所以，我决定了，在解决你的问题之前，我一定不会和云尚宇告白的！"李敏仰起头，脸上一副慷慨就义的表情，似乎在表达自己的人格是多么崇高。

"你要解决我什么问题？还有，你要怎么解决我的问题？"林芷夏疑惑地问。

李敏凑到她的面前，用诡异的眼神看着她，并低声道："嘿嘿，我决定先撮合你和慕清！"

林芷夏忍不住从喉咙里发出两声"哈哈"，同时皮笑肉不笑地说："虽然今天晚上的空调的温度已经够冷了，但我还是要谢谢你的冷笑话。"

"谁说我在开玩笑！"李敏气急败坏地掐了她一下，着急地解释，"因为我觉得慕清也是很完美的，他又幽默，又不乏绅士风度。虽然一直陪在你身边的是辛哲，但是我总觉得他太柔弱，没办法保护你。而翟雨曜就更不用说了，脾气坏得不得了，根本就是从火星来的，我一看到他就恨不得除之而后快。所以这么分析下来，还是慕清最适合也最值得你交往。"

听到李敏提起翟雨曜，林芷夏的心脏不知道被什么东西轻轻地敲打了几下，瞬间快速跳了起来。

本来已经昏昏欲睡的脑袋也骤然清醒了许多。

心脏传来的异样感觉传达到指尖，她下意识地收拢了五指握成拳头。

滚烫的掌心让她回忆起这一个月以来她所见到的翟雨曜。

安静的楼梯口，沉默地帮女生捡起试卷和眼镜的他。

站在雨中为被遗弃的猫咪撑伞的他。

餐厅里，主动上前赶走那几个讨厌男生的他……

到底哪一个才是真正的翟雨曜？

新生报到那天，云尚宇说翟雨曜一直在伪装自己，到底是什么意思？

伪装的背后又有什么特殊的隐情呢？

窗外的夜空中悬挂着细长的新月，几颗星星稀疏地落在漆黑的夜色中，闪烁着微弱的光芒。

街道上的榕树在风中摇摆着，发出微弱的声响，如同母亲怀抱着孩子温柔吟唱的摇篮曲。

整个城市在这阵声音中沉沉地睡去……

CHAPTER 6

第六章

要是担心我就应该陪着我，而不是让其他人来代替

时间太瘦，指缝太宽。

十一月中旬，尽管下午仍能感受到阳光的温度，然而只要是清晨和夜晚时分，便可以嗅到一丝深秋微凉的气息。

十一月，对于学生来说是黑暗的一个月。

期中考试的压力令学生们陷入了兵荒马乱的备战状态。

这天中午。

深秋的阳光虽如夏天一样灿烂，但少了几分热度，微风拂过人的脸颊，带着清爽舒服的凉意，让人的心情不自觉地变得愉快起来。

林芷夏站在学校餐厅的门口，看着从自己面前步伐飞快地经过的同学们，偶尔抬手看看手表上的时间，皱着眉头嘀咕："奇怪，今天怎么这么慢啊？"

正当她又一次重复看手表的动作时，突然，一片阴影伴随着一声毫无生气的呼唤朝她而来——

"芷……夏……"

她抬头，看见李敏全身如同被黑色的气体围绕一般耷拉着脑袋，蹒跚地向她走来。

见朋友一副快要驾鹤西去的模样，她立刻伸手扶住李敏，并摇了摇她的肩膀："小敏，你怎么一副病怏怏的模样？啊！你的眼圈好黑，昨晚没睡觉吗？"

李敏虚弱地点了点头："嗯，熬了一夜，终于做完了一本语法练习。"

"一本语法练习？"林芷夏惊愕地问，"你说的难道是那本整整一百多页的《英语语法练习》？”

“你以为呢？”

“你疯了？”

“喂，有你这么诅咒朋友的吗？”李敏抬起埋在林芷夏肩膀上的脑袋，狠狠地对她翻了一个白眼，然后将两只手搭在她的肩膀上，抱怨道，“芷夏，雅致学院是地狱！你不知道，这几天我过的是怎样水深火热的日子。每天早上五点起床背单词，七点半来学校上课，中午吃完饭还要做练习，放学后要留下来复习，回家后已经晚上七点了，吃饭洗澡加起来不敢超过半个小时，然后继续做题直到凌晨。再这样下去，我就要被抬进医院的急救病房了。”

林芷夏稍稍皱起眉头，挽着她的手臂，牵着她走进餐厅里，一边找座位，一边关切地说道：“拜托，你什么时候变得那么在意学习啦？初中的时候，你不是不把期中考试当一回事的吗？既然知道自己的身体吃不消，就不要那么拼命嘛！”

两人在窗边的桌子前坐下后，李敏叹了一口气：“你以为我喜欢这样吗？你不知道我们班上的同学有多疯狂，平时好像完全不在乎学习似的，可是到了考试前夕，一个个都像打了兴奋剂一样疯狂复习。你知道吗？今天坐在我左边的男生明明困乏得就要睡着了，可是他居然用透明胶带把自己的上眼皮贴起来了！”

“你能明白我看到他用透明胶带贴自己上眼皮时那种震撼的心情吗？”李敏虚弱地趴在桌子上，继续说着，“所以你不用大惊小怪，我这种还只是小意思而已。”

“啊，难怪这几天我老是觉得学校里的气氛怪怪的，原来大家都在疯狂地为了期中考试而复习啊。”林芷夏拿着餐牌，向服务员要了两份套餐之后，放下餐牌并不以为意地说，“不过是一次考试而已，需要这么夸张吗？”

李敏靠在椅背上，严肃地说道：“林芷夏，这个世界上有百分之九十九的学生都属于临时抱佛脚的类型，而在雅致学院这个遍地都是优秀学生的学院，大家临时抱佛脚的级别自然会被提升到疯魔等级……就是那种怕被别人甩在后头的感觉，像你这种每天上课认真听讲，回家认真复习的好学生，是无法理解的。”

林芷夏听完朋友那一串理论后，觉得有点好气，又有点好笑。她叹了一口气，正要说话，却突然被人打断——

“既然知道临时抱佛脚的压力，就应该在平日里把这些压力一点点消化掉才对。”

这个带着笑意的温和又好听的声音让两个女生不约而同地抬起头，当她们见到站在桌子旁拿着蓝色文件夹并冲她们灿烂微笑的男生时，纷纷友好地说道：“嗨，慕清！”

李敏转过头看了林芷夏一眼，随后挑着眉毛勾起嘴角，朝她眨了眨眼睛。

林芷夏在心里默默地翻了个白眼，对好友挤眉弄眼的表情选择视若无睹，随后她对慕清笑道：“好久没有看到你了，如果你还没有吃午餐，不如一起用餐吧。”

慕清点了点头，把手上的文件夹放在没人坐的椅子上，然后拉开桌边的另一张椅子坐了下来：“最近学生会特别忙，不仅要安排期中考试的事宜，还要准备期中考试后的书法比赛。”

“书法比赛？”

近来一心只为抱佛脚，不管天下任何事的李敏好奇地看了看封面上标写着“书法比赛策划文案”的文件夹，再打量了俊雅的男生一阵，由衷地赞叹道：“慕清，你还真是厉害！不但要完成自己的学业，还要忙学生会的事情，可是我现在根本一点都看不出你很累很疲倦的模样，真是让人羡慕啊！”

“像我这么聪明的人，根本不需要在考前疯狂复习也可以稳居全年级前三名。”慕清的脸上露出一抹得意的笑容，“再说了，学习贵在平日的积累，像你们这样考前拼了命地复习，不仅效果不显著，还容易累出病来——这是作为学生会会长的一点小小的忠告。”

他说着，抬起右手食指放在自己的唇边，漂亮的眼睛因为微笑而稍稍眯了起来，浓密的睫毛在脸上投下一层阴影，却掩盖不住他眼睛里闪烁着的光芒。

俊美的少年柔和微笑的模样比阳光下盛放的白色蔷薇花还要叫人目眩神迷。

李敏微微愣了一下，随即一脸痛苦地倒在餐桌上，闷声闷气地说：“天啊！我对这个连学生会会长都装可爱的世界绝望了！”

林芷夏扑哧一声笑了出来，然后用手拍了拍她的肩膀：“小敏，你关注的重点有误好吗？人家慕清是在告诫你平时要好好学习，你怎么又开始犯花痴了？”

“林芷夏！”李敏佯装怨愤地瞪大了双眼，埋怨道，“你还是我的朋友吗？就算我平时在你的面前很不注意形象，就算我平时真的很花痴，你也不能在男生的面前让我没面子啊！我警告你哦，这次就饶了你，下次再犯，小心我的‘一痒指’！”

说完，她用右手食指在林芷夏的腰侧轻轻地戳了几下。

林芷夏笑着躲开了她的攻势，并讨饶地说：“好好好，我保证以后不会再揭穿你了。”

慕清被两个女生银铃般的笑声感染了，也不禁勾起唇角：“和你们一起聊天总是觉得特别轻松，不过，可能过了今天，我会有一段时间不能跟你们坐下聊天了。”说完，他的笑容带着些许苦涩。

“怎么了？是不是遇到什么困难了？”林芷夏停止了玩闹的动作，关切地问。

“就如同小敏说的那样，最近这段时间大家都忙着学业，学生会的成员也一样，为了复习，都赶在这个时候跟我请假。”慕清用右手手背撑住脸颊，侧着脑袋轻轻地叹了一口气，“学校偏偏要求从明天开始就要在校内开展书法比赛的宣传活动，可是目前学生会人手不足，单靠几个人的努力想做好这件事情真是有些难度。”

两个女生看着他满脸少见的愁容，忍不住皱起了眉头，安静地思考着应该怎么样做才能解决他的难题。

还不到十秒的时间，李敏的眼里骤然闪出一丝亮光，并嘿嘿地笑了两声：“幸亏我脑筋转得快，我记得芷夏你初中的时候帮学校办过两场比赛活动吧！既然你又不着急复习的事情，不如去学生会帮慕清减轻一下负担，怎么样？”接着，她靠在林芷夏的耳边，压着嗓子说，“这还是一个能让你和慕清培养感情的机会，你可要好好把握……”

李敏的话音未落，林芷夏便已经用手肘捅了一下她的肚子：“胡说什么呢！”

虽然她是语气带着嗔怒，脸却微微红了起来。

拜托！慕清就坐在她们的对面，要是被他听到了怎么办？

小敏这家伙口无遮拦说过就算了，可要是慕清以为她对他有什么奇怪的心思，她以后怎么跟他做朋友啊！

想到这里，她小心翼翼地抬起头，尴尬地笑着看向慕清。

只见他脸上的微笑不变，笑吟吟地说道：“芷夏，不知道你是否愿意接受我的邀请，做我的临时助理，帮我处理一些杂务呢？”

看来他并没有听到李敏刚才的胡说八道，林芷夏在心里暗暗地松了一口气，随后笑着点头答应了。

午餐在欢乐的气氛中结束了。

事后，李敏取笑林芷夏："你刚才听到慕清说'你是否愿意接受我'的时候，是不是在幻想他向你告白的情景？"

林芷夏瞥了她一眼，说："如果你期中考试前遇到不会做的习题，请不要拿着书拍我家的门打我的电话哦！费尽心思帮朋友补习，结果却被没良心的人拿来开玩笑，这种感觉真叫人不愉快呢。"

"诶！"李敏惊呼一声，随即赶紧抱着好友的胳膊讨好地摇了几下，"喂喂，你不要这么小气嘛，最多我以后不开你玩笑了。"听林芷夏"哼"了一声，她又忍不住不怕死地问，"不过，芷夏你到底喜不喜欢慕清啊？"

"我没有你那么多花花肠子，我跟慕清只是朋友。"

"这样啊。"李敏看着甩开自己的手走在前面的林芷夏的背影，耸了耸肩膀，嘀咕着，"虽然现在是朋友，可是谁知道经过这次书法比赛的宣传活动之后，你们又会有什么样的发展呢？嗯，越想越觉得有可能。唉，只可惜我最近忙着考试分身乏术，不然就能想个法子撮合你们了。"

秋天的白昼越来越短。还不到下午五点，太阳就西斜了。

阳光把天边的云朵染成了橘红色，也为原本湛蓝的天空覆盖上一层橘色的薄纱。

放学的铃声响彻在校园里的每一个角落。很快，教学楼内便传出一阵阵喧闹声。

一年级A班教室门外的走廊上，一个男生正潇洒地倚靠在墙边。

他的身材高挑，四肢修长，总是带着笑容的脸更让人觉得俊雅不凡。而此时暖色调的晚霞在他的身体周围染上了淡淡的光晕，仿佛油画一般梦幻而美好。

那样的美并不让人觉得炫目，反而是柔和的，只是稍稍看一眼，便能让人立刻消除整个下午上完三节课的疲乏。

难怪他能够拥有“清王子”的称谓，他可是一个名副其实的养眼帅哥呢！

雅致学院学生会会长亲临A班，这怎么能不叫一群少女们热血沸腾？

而慕清的魅力不只是让女生们把他围得里外三层，就连男生们也围了过来争着和完美得令人羡慕的学生会会长聊了起来，走廊上一时间变得水泄不通。

慕清对眼前的状况总是很有办法，他一边朝把他围在中间的男生女生们微笑点头，一边温和地劝诫他们期中考试将至，还是快点回去复习功课，以后有时间再和他们好好聊。于是，走廊堵塞的问题很快便被他解决了。

走廊上的那一阵喧闹声也引起了林芷夏的注意，她一转头，就看到了站在教室外面等着她的慕清。

而坐在她身旁的辛哲则冷漠地打量着正笑眯眯地看着教室外面的林芷夏，和冲她挥着手臂的慕清，他有些苍白的薄唇在不知不觉中抿成了一条直线。

下午第一堂课上课前，林芷夏便告诉他，她以后每天放学后都要协助慕清的工作，所以没办法再陪他去图书馆复习了。

对此，他用一个下午的沉默来表示他的不开心，希望她能够选择留下来陪他。但他失望地发现，她此时竟然还加快了手上收拾东西的速度，直到她把书包整理完毕也未曾看他一眼，只是说了句“小哲，明天见”，随即提起书包快步朝教室外走去。

辛哲皱起的眉头像一座小山，向来冰冷的双目露出一丝夹杂着不甘的愤怒情绪。

他尾随着林芷夏，等被她发现时，他已经站在了慕清的面前。

林芷夏见他一脸的不高兴，只当他是小孩子闹脾气，非但没放在心上，还好意地跟他介绍起慕清来："小哲，你来得正好。这是慕清，他是个很幽默热心的人，相信你也会喜欢他，并且会想要跟他做朋友的。"

辛哲对她的话置若罔闻，只是充满敌意地看着慕清。

慕清聪明地察觉到此时三人之间诡异的气氛，也不想招惹辛哲，便冲他笑了笑，接着对林芷夏说："我们走吧，今天很忙，不但要在操场上发传单，而且晚上还必须把所有布条都挂好。这样吧，等我们忙完，我请你吃饭道谢的时候，你再把辛哲请过来互相认识一下，我想也不迟吧。"

辛哲听慕清说他跟林芷夏还要相处到晚上，眉心的小山隆起得更高了。

而正当他准备说他也要跟他们一起去时，李敏突然捧着一本练习册脚步飞快地跑了过来："小哲，太好了，你还没有回家！"她把手中的练习册举到他的面前，指着上面的几道题目，笑嘻嘻地说，"我听芷夏说你的英语成绩比她还要好，我有几道题不懂，所以麻烦你跟我讲讲好吗？"

等应付完李敏，辛哲拿开挡在他眼前的练习册的时候，连林芷夏的背影都看不见了。

辛哲恼怒地瞪向李敏，因为李敏是林芷夏的好朋友，他只得把所有的怒气都压了下去。

而李敏则似乎完全没有意识到他的不悦，继续笑容满面地看着他，并请求道："你刚才说得太快了，我还不是很明白。这样吧，麻烦你帮我写在这上面好吗？"

辛哲只好接过了练习册，拿过她手中的笔，在练习册上写写画画了几分钟，便把练习本还给她，最后转身走进教室里收拾书包去了。

李敏拿着写好了答案和解析的练习册，轻快地跑回自己的教室，一面捂着嘴巴偷笑，一面在心里暗暗祈求上帝保佑，慕清和芷夏这两根木头千万别辜负了她这一番良苦用心哦。

南方的秋天，夜晚和白昼的温差有些大。

下午的时候，因为有暖洋洋的阳光照耀着，就算只穿一件短袖衣服，也觉得温暖舒适。到了傍晚，太阳落下，热气消散之后，空气里渐渐带着如水般沁人的凉意。

而当夜越来越深，四周起了风，那股带着夜露气息的渗骨凉意让人不禁打了个冷战——

“阿嚏！”

教学楼上。

林芷夏协助慕清挂好了最后一幅布条后，鼻子微痒，她忍不住轻轻地打了个喷嚏，随后用双手摸了摸自己暴露在冰凉空气中的手臂。

突然，一股温暖从背后将她包裹住。

她惊讶地回头，见慕清正将他的长袖外套披在她的肩膀上。

“抱歉，忘记提醒你晚上会比较冷得多带件外套才行，所以你今天就先穿我的吧。”他的脸上带着体贴的笑容，“你自己一个人住宿舍，要是生病就麻烦了。”

林芷夏看着他身上那件薄薄的短袖衬衫，摇了摇头：“你还是穿回去吧。”说着她把外套拿了下来，“因为你的爸爸妈妈不在你身边，而且现在又是学生会忙碌的时候……”

说到这里，她才发现慕清的脸色变得有些苍白，眼里流露出让人心疼的忧伤。

这时，她才想起与慕清第一次见面，李敏问“难道你爸妈都不在了”时，他嘴角那 抹苦涩的笑容。

“对不起，慕清。”

“芷夏，你可以听我讲个故事吗？”

她点了点头。

慕清默默地把外套重新披在她的肩上，随后转身靠在栏杆上。

夜幕下，男生黑色的头发在晚风中微微摆动，浅褐色的眼眸被长长的睫毛遮盖住，掩藏了刚才那一抹不经意间流露出来的忧郁。

“有这样一个男孩，他出生在一个平凡又幸福的家庭。尽管家境并不富裕，可是勤劳的父亲还有温柔的母亲给了他一个最美好的童年。只可惜花无百日红，男孩的父母之间渐渐有了争吵，而且越来越激烈。男孩的父亲一直想不通，向来温柔的妻子为什么会突然像变了一个人似的。最后，父亲不忍自己的儿子终日生活在担惊受怕的环境里，只好与妻子离婚，才让这场战争结束。”

慕清叹了一口气，随后冷笑了一声：“两天后的报纸上，刊登了市内某富商结婚的消息。可谁都没有想到，那报纸上的照片里揽着新郎的手臂笑颜如花的女子正是男孩的母亲。那时男孩才十三岁，已经懂得了母亲之前对父亲和对他态度的转变是为了嫁给这个有钱人。从那以后，父亲整日郁郁寡欢，终于选择了……自杀。”

林芷夏张开了双唇，难以置信地倒吸了一口凉气。

“父亲给自己的孩子留下的东西里，不仅仅只有一笔遗产，还有无穷的仇恨。自那以后，男孩一直不断努力，希望自己有一天能够站在比那些害死他父亲、把他的人生变得一塌糊涂的人们更高的位置上，告诉他的母亲，他也有能力给她一切她想要的，甚至是她不敢要的！总有一天，他们会为自己的所作所为付出应有的代价！”

山下的夜风呜呜作响，如同悲凉的哭泣声。

慕清总是带着温和笑意的嘴角此时却被冰冷所覆盖，浅褐色的眼眸平静得宛若是无风的湖面，却又如同被这漆黑的夜同化了一般深沉，让人猜不透他的心里深埋着什么样的秘密。

林芷夏安静地看着他，许久才走上前，用自己的手握住他宛如被霜冻过一样冷冰冰的手，并微笑着说："我思考了很久，觉得自己没有资格评价故事里的母亲是个什么样的人，更不可能以一个旁观者的身份告诉这个男生他应该怎么做。因为站在泥坑外的人，永远不能体会陷入泥坑中的人那种无法自拔的悲痛。"

秋风停止呜咽，凉爽的夜风温柔地吹过少女的发丝，将她的声音送过来——

"我知道，故事里的男生以后肯定能过得比那些有钱人好，因为他勤奋温柔又热心，完美得令女生向往，令男生敬仰。不过，我只希望他能读懂一个词，那就是'因爱生恨'。只有同等分量的爱，才会引发这么沉重的恨，而正是因爱生恨，所以，我相信男生肯定不舍得伤害自己爱过又恨过的人。"

慕清愣了几秒钟，转过头，看着她在夜色下仍旧灿烂得仿若暖阳般的笑容，他那原本凉得似冰的手指正被她掌心中的温度温暖。

那股暖意顺着血液流向心脏，让他感觉这个秋夜竟不像以前那样寒冷了。

所有的冰冷似乎都被融化成水，在他的眼里凝聚，他的双目微微发红："芷夏，谢谢你。"

林芷夏笑眯眯地用另一只手拍了拍他的肩膀："什么话，我们是朋友嘛！"

"不是朋友。"

"嗯？"

"你就像家人一样亲切。"慕清说完，便笑了起来。

月亮在这一刻终于挣脱了乌云的束缚，盈盈的月光落在他的脸上，那笑容如月光下盛放的白色蔷薇，俊雅耀目。

明晚，应该可以看到更晴朗的星空吧。

第二天中午。

整整一个晚上没有安睡的辛哲和林芷夏、李敏在餐厅吃午饭的时候，突然兴奋地宣布：“西西，我决定和你一样申请住校。这样的话，就算你以后忙着学生会的事情没办法陪我去图书馆学习，我也能有更多的时间和你在一起了！”

林芷夏和李敏同时抬头看着他，异口同声地说：“不可以！”

“为什么？”辛哲皱起眉头，一脸委屈地说，“我只是想跟你在一起啊，再说了，你需要人帮忙的时候，我在你身边不是更方便吗？”

他仿佛是努力做好妈妈布置的功课，想幸福地吃一口蛋糕，却被狠狠地拍开伸向蛋糕的手掌的小孩子，语气带着一丝伤心。这让林芷夏有些头疼，大脑不停地思考着应该使用什么样的措辞和语言，才不至于伤害他脆弱的心。

“小哲，我是为你好。”她放柔了声音说，“你的身体不太好，如果住校，生了病怎么办？就算你不在乎生病，可是你的家人会为你担心，而我也会很自责。我知道你是害怕孤单，这样吧，以后放学我让小敏陪你去图书馆怎么样？”

李敏这时也搭话，帮她劝说辛哲：“我赞成！再说了我还有很多英语的语法问题不会，正想找时间请教小哲你呢！你就听芷夏的吧，我们互惠互利，岂不完美！”说完，她爽朗地笑了两声。

辛哲却不为所动，固执地说：“不，我要住校。”

从小患了“自闭症”还没有完全康复的男生，偏执起来总是不容别人劝说的，而且一旦钻进了牛角尖里，脑袋里便浮现出无数的问号——

为什么芷夏不让他陪在她身边？

难道她觉得他是个麻烦，是个包袱？

还是不想让他阻碍她和慕清独处？

又或许，她要抛下他，从此不再和他做朋友了？

这样想着，委屈的情绪转变成恼怒，辛哲的语气变得很激动："西西，任何人都可以不理解我，唯独你不可以！因为你答应过我，你会永远守护在我身边，你已经失约了一次，难道你想让我再一次失望吗？"

"小哲？"林芷夏不知道他为什么突然这么生气，只能惊讶地轻声唤他的名字，随后便不知道再说些什么话来抚慰他比较好了。

李敏起身拍了拍他的后背，轻声劝道："好了，小哲，冷静一点，芷夏只是担心你……"

"要是担心我就应该陪着我，而不是让其他人来代替！你不许我留下来，是因为想抛下我，觉得我是个负累，开始烦我了对不对？"

辛哲越说越激动，漂亮的薄唇就像被霜冻了一般，染上了苍白的颜色。他感觉自己如置身在冰窟中，全身从指尖到心脏，越来越冷，越来越冷，受到不良情绪感染的心脏不停地紧缩，浑身开始跟着颤抖起来。

"小哲，你怎么了？"

林芷夏发现了他的不妥，紧张地抓住他的手。

掌心触碰到的冰冷让她不停地发出"你哪里不舒服"的询问。

辛哲却一句话都说不出来。

此时的他如同被人狠狠地扼住了喉咙一般，原本苍白的脸上浮现出淡淡的青色，微张的嘴巴像无法呼吸般喘息着。

他用手按住自己心脏的那一刻，合上了因疼痛而泪眼蒙眬的眼睛，倒在了桌子上。

林芷夏的脸上瞬间失去了所有血色，她的眼泪簌簌地掉了下来，随后惊慌失措地一边叫着辛哲的名字，一边问同样大惊失色的李敏："怎么办？怎么办？”

李敏慌张地从校裙口袋里掏出手机，颤抖着说：“打电话叫救护车……”也许是太慌乱了，脑袋里一片空白，手指在手机键盘上哆嗦了几秒钟，她才用带着哭腔的声音问，“天啊！求救电话是多少？”

这时餐厅里看到这一幕的人都围了上来，而翟雨曜和云尚宇刚进餐厅，便听到林芷夏哭着求助的声音，也快步跑了过来。

翟雨曜率先上前，用右手食指放在辛哲的鼻子下面探了探，之后他松了一口气：“放心，只是昏倒了。”

云尚宇在一旁轻柔地安慰两个女生：“好了，没事了，他只是昏过去了，不会有生命危险。”

而翟雨曜已经动手对辛哲进行急救了。他镇定地叫两个男生协助他，将辛哲扶起并让他平躺在地板上，然后让人群散开，并命人打开窗户，防止氧气不足致使辛哲的呼吸更加困难。随后，他跟一个女同学借了几本书，垫高辛哲的双脚，让他全身的血液可以流向心脏，避免因供血不足而让病情加重。

做完这一切之后，他看向林芷夏：“哭够了没有？这个时候哭有什么用，能把他哭醒吗？”说完，他从李敏的手中拿过手机，按了几个键，对着手机说，“你好，是120急救中心吗？我们这里有人需要抢救……”

说到一半，他再次看向林芷夏：“喂，他刚才为什么昏倒了？”

“小哲有心脏病……”

“我们这里有人心脏病发昏倒了，没有猝死现象，但是呼吸困难。这里是S市雅致学院西餐厅，我的名字是翟雨曜，电话号码13729******。”按下结束通话键之后，他指挥几个男生，让他们在校门口和校内通往餐厅的各个路口等救护车。

几个男生不敢怠慢，连自己的东西都没收拾便都跑了出去。

林芷夏擦了擦眼泪，蹲在地上，双手握住辛哲的手。她见他的脸色比刚才略微好了些，知道这一切都是翟雨曜紧急抢救的功劳，于是抬头对站在她面前俯视着她，嘴唇紧抿的男生轻声说："翟雨曜，谢谢你。"

翟雨曜的唇抿得更紧了，他转过身走向吧台，跟服务员要了两杯水，回来之后便将其中一个杯子递到林芷夏的面前："喝下去，别救护车还没到，又有人昏倒了。"

林芷夏机械地接过杯子。

他脸色不善地瞪了她一眼，接着起身，把另一杯水塞到李敏的手里，这时连话也不多说了，只是恶狠狠地说了声"喝"，就搬张椅子坐在一旁，等救护人员到来。

捧在手心里的水杯暖暖的。

林芷夏轻轻地喝了一口——甜的？原来是糖水啊。

这股又暖又甜的水流让她回忆起翟雨曜站在雨中为猫咪撑伞的场景，她不禁想起云尚宇说的"真实的曜是比我还要温柔的人"这句话，心里顿时变得无比柔软。

原来平时的他真的隐藏了自己真实的那一面，可到了关键时候，他是这么善良机智，这么细心可靠。

这才是真正的翟雨曜吧，一个外表帅气内心温柔的男生。

救护车很快便到了。

林芷夏表示要随车陪辛哲去医院，而翟雨曜、云尚宇和李敏因为不放心她一个人，也一并上了救护车。

行人匆匆赶到医院的时候，医生简单地对辛哲做了检查后，笑着夸奖他们："你们的抢救措施做得很好，病人目前并没有生命危险。不过，毕竟是心脏病患者，为了保险起见，还是要做一下CT检查，并留院观察两天。"

“谢谢医生。”云尚宇礼貌地朝医生点头致谢，随后说，“麻烦您安排一下我朋友的检查，我现在就去帮他办理入院手续。”

医生“嗯”了一声，随后转身对跟在他身后的护士吩咐了几句，便带着云尚宇离开了。

听到医生说辛哲没生命危险的时候，众人才松了一口气。

林芷夏和李敏身体发软地坐在急救大厅的蓝色长椅上，而翟雨曜则掏出一只手机打起了电话。

林芷夏朝他看过去，认出他手里的手机是辛哲的，于是奇怪地问：“你怎么拿着小哲的手机？”

“我要打电话通知他爸爸。”翟雨曜看着她，那两只漂亮的眼睛里，明显地写着“笨蛋”两个字。

林芷夏却一点也不介意，只是恍然大悟地冲他笑了笑。

“喂，请问是辛哲的爸爸吗？你好，我是辛哲的同学，今天他在学校晕倒了……不用担心，我们已经把他送到医院了，医生说他没有生命危险，但要留院观察两天。我们现在在仁心医院……好的，回头见。”

翟雨曜和辛哲的爸爸通完电话，回头对上了李敏一手摸着下巴，看着他若有所思的脸，于是沉着脸不悦地问：“干吗？”

“没想到啊，真是没想到啊！”李敏一边绕着他打转，一边认真地说，“我一直以为翟雨曜你是个冷酷无情的浑蛋……”见翟雨曜皱起眉头，似乎要发火了，她立刻话锋一转，笑嘻嘻地说，“可今天发生了这件事之后，才知道，原来你还有隐藏得这么好的一面，好样的！”

她说着把手搭在他的肩膀上，像好哥们似的重重地拍了两下。

翟雨曜不屑地睨视了她一眼，并拨开她的手。

“哎呀，对了！”李敏突然叫了起来，接着一把拉着林芷夏，让她站在翟雨曜的身边，两只眼睛在他们身上来回审视，并不停地点头，“这样看来，你们两个人也很般配呢！干脆你们凑成一对，这样以后翟雨曜你和芷夏，云尚宇和我，就可以来一场四人约会了！嘿嘿，我这提议不错吧？”

翟雨曜如同被说中了心事般，侧着脑袋用拳头挡着了嘴巴，猛烈地咳嗽了几声，脸上涌现出一抹绯色。

林芷夏的脸霎时也变红了，她不敢看他，只好瞪着眼睛埋怨道：“小敏，你胡说什么呢！”

云尚宇已经为辛哲办好了入院手续赶过来与他们会合，见到这奇怪的场面，诧异地问：“发生什么事了？曜你没事吧，怎么咳得这么厉害？”

李敏正要说话，翟雨曜却先她一步止住了咳嗽，说道：“没什么，我只是听李敏说想要跟你约会，被她的不自量力吓到了而已。”

“啊！翟雨曜你说什么呢？我哪有这么说！”

李敏差点跳起来捂住他的嘴巴，但是理智告诉她，这样做只会越描越黑，于是尖叫了一声之后便闭上嘴，小心翼翼地看向云尚宇。

云尚宇总是体贴入微，懂得什么时候该回避别人的视线，于是他微笑着看向翟雨曜：“我看是你被人家开了玩笑才会不好意思吧。我想李敏的意思是让我们四个人一块外出游玩，是不是？”

李敏立刻放心地拍了拍自己的胸口，赞同地点了点头：“对对对！大家好久没聚在一起玩了，所以我想邀你们去玩。谁知道被翟雨曜这家伙信口开河地取笑我，尚宇你可不要当真啊。”

“哼！”翟雨曜从鼻腔里发出一声冷哼。

云尚宇笑了笑，望向林芷夏：“那芷夏的意思呢？”

林芷夏脸上的红晕还未完全消退，她偷偷地瞧了翟雨曜一眼，细声回答：“好啊。”

CHAPTER 7

第七章

他只能用暴躁的脾气，来防御可能受到的任何伤害医院。

单人病房的四面墙壁刷了清爽的淡绿色油漆，柔软的窗帘轻盈地垂在窗户前，透过纯白的薄纱窗帘，隐约可以看到户外葱郁的绿树。

正午时候的阳光带着一丝温暖，在地板上落下点点的光芒。

医院的效率极高，主治医生很快便帮辛哲做完身体检查，并给他安排了一间单人病房。

两个护士在病房内忙活了一阵，最后对林芷夏说："病人现在需要休息，你们如果要看护，留下一个人就好了。"

见几个年轻人犹豫地皱着眉头，其中一个护士建议道："病人现在的情况比较稳定，再加上医院有我们医生和护士看护，所以，你们不需要太担心。"

护士说完，整理好东西便离开了。

林芷夏看着躺在病床上的辛哲，回头朝翟雨曜、云尚宇和李敏微笑："你们先回去上课吧，这里有我就够了。"

站在桌子旁的云尚宇停下拿着水果刀削苹果的手，抬起头皱着眉头看着她："你们两个女生今天受了惊吓，又这么奔波，肯定累了，所以还是由我或者曜来照顾他吧。"

翟雨曜瞟了他一眼，但也没有反驳，只是安静地看着林芷夏，却见她摇了摇头："谢谢你们的好意，不过小哲有轻微的'自闭症'，除了我和小敏，他不喜欢跟任何人独处。再说了，害他心脏病发的人是我，如果我没留在这里陪他，就算想要休息，也会一直放心不下的。”

“我认为，小哲平时很黏芷夏，如果他醒了看不到芷夏估计会再犯病的。”李敏一边说着，一边拍了拍林芷夏的肩膀，“这样吧，我先回学校帮你跟老师请假，然后回家做好饭带过来给你吃，顺带让我妈妈煮些营养汤给小哲。”

翟雨曜和云尚宇对视了一阵，脸上写满了“不放心”三个字。

“我说，你们两个不需要这么担心啦！”李敏大大咧咧地笑道，“我知道我跟芷夏刚才遭遇突发事件的表现确实不太好，但是护士姐姐刚才也说了，医院里有医生和护士帮忙照顾小哲，我们肯定会镇定许多的。”她安抚完两个男生，又回头笑眯眯地对林芷夏说，“你说是吧？”

林芷夏表示认同地点点头，并冲翟雨曜和云尚宇勾起嘴角，露出一个让人放松心情的笑容：“更何况翟雨曜你刚才已经打电话给小哲的爸爸，他现在不是正赶过来吗？到时候有他在，我们只要跟在他的后面打打下手就好了。”

云尚宇叹了一口气，把手里的苹果削好递给她：“好吧，那我跟曜还有李敏先回学校，你自己一定要注意休息，如果累了就告诉我们，不要硬撑着。”

“嗯。”林芷夏接过被削得圆润漂亮的苹果，心里涌起一阵暖意。

突然，一直沉默不语的翟雨曜朝她伸出右手：“手机。”

林芷夏讶异地看着他，不解地问：“什么手机？”

他满脸不悦地叹了一口气，看着她的眼神似乎在说“这家伙真笨”，但还是重新说了一遍：“我说，把你的手机给我。”

林芷夏这才反应过来，她“哦”了一声，从口袋里掏出手机，递到他的手里。

翟雨曜一手拿着手机，利落地在输入十一个数字后，再递还给她："有什么需要就打电话给我。"

"哦哦哦！"李敏虽然很兴奋，但顾忌到辛哲还在休息，于是压低了声音调侃他，"翟雨曜，干得好！"

"闭嘴。"翟雨曜的脸今天第二次宛如被开水烫到一般滚烫泛红，他凶狠地瞪了李敏一眼，随即打开病房的门，逃也似的快步走了出去。

李敏觉得十分有趣，眯起眼睛"嘿嘿"笑了两声，便也离开了。

只有云尚宇还知道保持风度和礼貌，与林芷夏道别后并帮她关上了房门。

病房里安静下来后，林芷夏怔怔地看着手机屏幕上的那一串数字，直到握着手机的手掌心温热而有些湿润的时候，她才按下保存键。

屏幕上立即弹出"添加名字"的对话框，她按下确定键，在姓名栏里用拼音输入"翟"字之后，又迅速删除了。随后，她又鬼使神差般按下"yao"三个字母，翻页选择了"曜"字，最后才确认保存。

接着，她突然觉得手里白色的手机仿佛是刚刚出炉的包子，有些烫手，于是她立即合上手机盖，把它重新放回自己的口袋里。

然而那热度似乎从手掌往身体各处传递一般，让她瞬间觉得房间的温度上升了很多。

只是没有人知道少女此时羞涩的小心思，也没有人知道，此时她仅仅是在心里默默地念了那个人的名字，便情不自禁地红了脸颊。

辛哲的父亲辛承业原本在另一个城市开会，中途接到自称是自己儿子同学的电话并告知他儿子生病入院，他便立即终止会议，搭飞机赶回S市。

当他一脸疲惫地赶到医院时，已经是晚上九点多了。

医院内静悄悄的，偶尔响起医生和护士巡房的脚步声。

他推开辛哲病房的门，见病房里只开了一盏昏暗的壁灯，儿子静静地躺在白色的病床上，于是放轻脚步走了过去。

辛哲此时正在沉睡中，舒展的眉头能让人看出他睡得很舒适。爱子心切的辛承业用手背仔细地探了一下他额头的温度后，才放心地松了一口气。

就在他绕过床走到另一侧的沙发椅上准备坐下的时候，房门外传来小小的声响，他抬起头，看到一个穿着蓝色校裙的女生正提着一个保温饭盒走了进来。

女生同时也发现了房间里的男人，看出男人的五官轮廓和病床上的辛哲很相似，她走上前去朝男人礼貌地点头致意，并说道："请问您是辛哲的爸爸吗？您好，我是辛哲的同学，我叫林芷夏。"

辛承业朝她礼貌地微笑："你好，谢谢你帮我照顾小哲。"他的笑容带着几分儒雅和温暖，"作为小哲的爸爸，我知道他的性格，你愿意留下来照顾他到这么晚，相信你是个很有爱心和包容心的年轻人。"

林芷夏摇头，不好意思地说："叔叔，其实我和小哲认识很久了，照顾他是应该的，而且今天小哲心脏病发作，都是因为我……"

"嗯？"辛承业听了她的话，非但没有怪她，还好奇地问，"你和小哲认识很久了？我最近一直外出，都没有听他提起过交了朋友的事情。来来来，你跟叔叔讲一下，你们是怎么认识的？"

林芷夏愣了愣，小哲的爸爸是怎么回事？

一般父母都觉得"我是你孩子的朋友"和"我害你孩子生病了"这两句话里，肯定是后面那句话比较重要吧，为什么小哲的爸爸好像本末倒置了一样？

虽然心里很诧异，但她还是把手中的饭盒放在桌子上，走到辛承业对面的沙发上坐下，缓缓地开口叙述："我和小哲是八年前在一家疗养院认识的……"

辛承业一脸震惊地打断她："原来你就是西西？"

"辛叔叔知道我？"林芷夏再次表示了吃惊。

昏暗的病房里一阵沉默，接着响起一声幽幽的叹息声。

"当然知道，因为小哲一直说你是他最重要的人。"辛承业苦涩地笑了笑，"我想你肯定知道，小哲跟别人不同，他除了有心脏病，还有心病——自闭症。"

林芷夏点头。

"小哲的心脏病遗传自他的母亲，小时候还没什么影响，所以也是个活泼的小家伙。都怪我当年因为他妈妈的病，整天在公司和医院两边跑，一直忽略了小哲，连他的生日都忘了……"

辛承业一边讲，一边陷入了遥远的回忆中……

他仍然清楚地记得，那天是辛哲七岁生日的第二天，他从医院接最近病况稍稍好转的妻子回家。

知道妻子心脏病越来越严重，可能随时就会离开他们，他一路上一直说笑逗她开心。两人原本决定回家带辛哲一起去游乐园玩，却在进屋的那一刻，惊讶地看到墙壁上涂满了奶油，而七岁的儿子正用果酱在墙壁上不停地涂绘着卡通图案。

"小哲，你在干什么？"

妻子皱眉，上前夺过辛哲手中的果酱，训斥道："谁准许你这样做的？你知不知道这样弄墙壁会要重新粉刷一次？爸爸已经够忙了，你为什么还不能让我们省点心？"

"因为爸爸是坏蛋，所以我要惩罚他！"辛哲满眼通红，怒气冲冲地瞪着他们。

“你知道自己在胡说什么吗？”

“我才没有胡说！爸爸明明答应过我今年要陪我过生日，不会让我跟去年一样孤零零的，可是他又骗我了！他昨天根本就没有来，我讨厌他！”

“小哲，不许说这种任性的话！”妻子又急又气，她知道丈夫是因为一心牵挂着自己的病才会忘记对儿子的承诺，儿子还小，不能体谅到这一点，说出来的气话会让丈夫伤心。

“我才不是任性呢！都是爸爸的错，是爸爸说话不算话！坏爸爸！”辛哲气愤地控诉着。

妻子伤心地捂着额头，神情十分痛楚，嘴里喃喃地说着：“都是因为我的病才让你每天奔波劳碌，连儿子的生日都忘记了。都怪我不争气，一直都好不起来。如果我当初知道自己身体有问题，坚持不嫁给你，也许今天你就不会这么辛苦，也不会被自己的儿子讨厌了。”

都是因为她。

她才是坏蛋。

她才要受到惩罚。

她越这样想，心里就越发悲凄难受。

而那一次，是妻子最后一次心脏病发作。

也就在那一次，辛哲患上了“自闭症”，他一直活在害死自己母亲的痛苦中。

直到遇见西西。

辛哲觉得那个女孩是解救他的天使，是他生命里的阳光。

辛承业也是这么认为的。

看着儿子日渐多起来的笑容，他以为儿子的“自闭症”很快就会痊愈。

可是好景不长，女孩最后不辞而别，让辛哲病得更厉害了，不仅闹过绝食自杀，连心脏病也凑热闹似的发作了几次……

“我曾经试图联系你的父母，还找院长帮忙，可惜都联系不上。不过幸好小哲后来的病情渐渐稳定了下来，这件事也就不了了之。可是他一直没有忘记你，他留着你送给他的玩偶。我听说你离开前约他再去一次我们家的游乐园坐旋转木马，所以他经常在你们约定好的地方等你。”

林芷夏用双手捂住嘴巴，眼里止不住地落下泪来，打湿了她的手心。

曾经的自己是这么无知而残忍，她以为辛哲对她做的只是等待，却没想到，他竟然因为自己的离开而绝食自杀过。

可是小哲从没有恨过她，他甚至一直在等着她，而更难得的是，他在重遇她之后还继续当她是他的好朋友。

“对不起。”她转头看着病床上的辛哲，难过地说，“因为当年我爸爸妈妈带我离开疗养院后，当晚就接到工作电话，赶着去国外参加一个重要的考察。刚好我乡下的奶奶来探望我们，就把我带到乡下生活了两年，所以那时我根本来不及和小哲告别，后来也渐渐淡忘了这段往事。可如果我知道会是这样，我肯定会来看小哲的。”

“这也不能怪你，毕竟当时你还很小，而且事情也已经过去了，所以你不需要这么愧疚。”辛承业从桌子上的纸巾盒子里抽了两张纸巾递给她，“只是作为小哲的父亲，就算会被人认为自私，我还是想冒昧地提一个请求，不知道能否拜托你从学校搬出来住在我们家里？这样对小哲的病也许有帮助。”

林芷夏听到他的请求时，惊讶得停住了抹泪水的手，睁大了眼睛看着他。

“前几天管家告诉我，小哲打算住校。那个时候我无法理解他的想法，可是今天跟你见了面我才能猜到，小哲想住校是因为你吧？”

林芷夏点头，有些为难地低下头去。

“既然这样，如果你继续住校，小哲是绝对不肯回家去住的。”辛承业叹了一口气，“因此，为了小哲的健康着想，我希望你能够答应我的请求。至于退宿的申请，我会帮你跟校方进行沟通的。”

望着一脸诚恳地看着她的辛承业，林芷夏深锁眉头思考了一阵。

想到辛哲这些年来因为自己不守诺言而苦苦等待，想起他刚才心脏病发作时苍白得几乎透明的脸色……

最后，她做了决定：“好。”

辛哲在当天晚上十一点多的时候醒了过来，睁开眼便看到守在床边的林芷夏。

正当他勾起嘴角想要冲她微笑的时候，却想起自己昏迷前和她闹过的那场不愉快，于是漂亮的薄唇立刻抿成了一条直线，并孩子气地闭上了眼睛，转过头不去看她。

和林芷夏交谈了两个小时后，辛承业知道了事情的来龙去脉，自然也知道了儿子在闹什么别扭，便笑着帮他们解围道：“小哲，爸爸今天遇到芷夏，和她聊天之后，才知道原来她就是你儿时的玩伴西西。都怪爸爸最近太忙了，所以不知道这件事情，为了对此作出弥补，我邀请芷夏到我们家里去住。”

辛哲立刻睁开了双眼，转头看向林芷夏，漂亮的眼睛里盛满了期待。

“我答应了。”林芷夏微笑着说道，弯起的眼睛如同悬挂在天上的月牙般好看，“这样的话，小哲你就不用为了和我在一起选择住校了。到时候我们一起上学，一起放学，就像一家人一样，你说好不好？”

“西西，你要住我家，这实在是太好了！”辛哲高兴地咧开了嘴巴，连眉毛也向上扬了起来，脸上一扫往日的忧郁，眼睛此时晶亮得宛如装着无数星辰一般。

见他用手撑着床垫坐起身来，辛承业立刻帮他添了个枕头，让他可以靠在枕头上坐着。

“谢谢爸爸。”辛哲一语双关地朝他笑道，接着又转过头，用左手抓住林芷夏的手，右手激动地挥舞着，“我们还可以一起在书房里看书，在花园里喝下午茶，晚上在阳台上看星星……”

说到这里，他因为太兴奋而被呛到，随即不停地咳嗽了起来。

林芷夏紧张地轻拍他的后背，说：“你现在还在观察期，怎么能这么激动呢？要是害你病发，我可不敢去你家住了哦！”她皱起眉头佯装生气，宠溺地瞪着他。

“对不起，因为我太高兴了嘛。”辛哲止住咳嗽后吐了吐舌头，愉快地感慨，“西西，你真好！你就像我的守护天使，所以你要一直陪在我的身边，好吗？”

“嗯，我会一直当你的守护天使的。”她轻柔的笑容仿若冬日里的暖阳，让人觉得温暖无比。

因为这一个微笑与承诺，辛哲一整个晚上都带着笑容，甚至连睡着了嘴角仍愉快地勾起，宛若得到了全世界最好的礼物一样。

第二天，雅致学院的校园里。

“什么——”

教学楼的走廊上爆发出一声尖叫，让栖居在树木上的鸟儿们惊慌地扑棱着翅膀，四处逃散。

走廊上的学生们纷纷朝声音传来的方向看去——

只见林芷夏正用右手捂住李敏张得大大的嘴巴，并拉着她的手臂，把她拉到不受人关注的角落里。

“镇定点好吗？”

见李敏深吸了一口气，点了点头，她才将自己的手放下。

“我说，答应住到小哲家去的这件事情，你考虑清楚了吗？”

“我考虑得很清楚，如果我坚持住校，小哲的病情肯定会加重。”林芷夏低下头，轻声说，“因为当年太小，我胡乱许下承诺，后来又一走了之，让他承受了这么多年的痛苦，所以，我现在心里实在不忍心看到他再因为我而伤心难过。”

“可是你想过没有？如果这样，你就等于承认自己以后是辛家的人了，而且再也不能摆脱小哲的束缚，那么慕清怎么办？”

没想到李敏这家伙又扯到男女感情的问题了，林芷夏又好气又好笑地翻了个白眼：“我说，我对慕清只是仰慕啦！你不要老把我们两个人牵扯在一起好不好？”

“哼！都仰慕了，我才不相信其中没有几分是因为喜欢呢！”李敏用拳头轻捶了一下她的肩膀，“还是你喜欢的人是小哲？”

“喂喂喂，你既然有空想别人喜欢谁，不如帮自己打算一下什么时候跟云尚宇告白吧！”

林芷夏有意岔开话题，而李敏一听她提起云尚宇，脸便红了，支支吾吾地说：“我都不急你急什么，这事又不是超市大抢购，出手快就行的。我当然要从长计议，等时机成熟再一举出击。”说着，她突然眯起眼睛，“倒是你对慕清没兴趣，对小哲也没明确表示是不是喜欢，你该不会也喜欢云尚宇吧？”

“你别胡说啊！云尚宇救过我一次，他是我的恩人。”林芷夏立即反驳。

李敏把脸靠过去，压低了嗓音，贼贼地望着她：“所以，你打算以身相许？”

“绝对不会！”说着，林芷夏举起右手，竖着三根手指头，一副发誓的样子，“我对云尚宇只有对好朋友该有的感激之情，若有半点非分之想就……嗯……”想了许久她才继续说道，“就罚我吃泡面永远没有调料包！”

就在这时——

“什么事要罚自己吃泡面没有调料包这么严重呢？”

熟悉的声音从一旁传来，让两个女生吓了一跳。

两人心虚地红着脸，转过头小心地观察着来人的脸色，见对方脸上的笑容依旧，于是用眼神和表情交流——他应该没听到吧？

李敏眼珠乱转，一脸紧张的神情。

林芷夏眉毛一扬，最后表情认真地微眯起眼睛——无需担忧，应该没有。

两人同时朝对方点了点头，随后笑容满面地转过头，异口同声地说：“嗨，云尚宇，早啊。”接着朝云尚宇身边的翟雨曜也打了个招呼，“你好，翟雨曜。”

翟雨曜做出双臂环抱在胸前的招牌动作，冷冷地笑了一下：“哼！古灵精怪的，刚才肯定又在犯花痴了吧！”

被他说破心事，李敏恼羞成怒地反驳：“犯花痴又怎么样？就算我们犯花痴也绝对不会犯到你身上，像你这种坏脾气的家伙，是不会有人喜欢的，只会惹人讨厌而已！”说完，她朝他做了个鬼脸。

“是吗？”听她这么说，翟雨曜忍不住看了林芷夏一眼，见她也稍稍皱着眉头，于是有点失落地低声呢喃，“看起来就是这样的吧。”

他垂下眼帘，一直以来都高傲扬起的下巴也微微收了回去，然后表情受伤地从她们的身边走过，黯然离开了。

云尚宇看着翟雨曜孤寂的背影，朝李敏摇头叹息道：“小敏，你不应该这么对曜，其实他根本就不是你想的那样。你这么对曜，他会很难过的，你知道吗？”

说完，他又看向林芷夏，沉思了一阵，决定告诉她们一些关于翟雨曜的事情：“这件事情，曜本来要求我不许告诉任何人的，可是为了不让你们误会他，我还是决定把它说出来……”

在云尚宇的娓娓述说中，林芷夏和李敏才知道翟雨曜的故事。

和她们想的一样，翟雨曜家境很好，家里非常有钱。

可是他并不幸福，因为母亲与父亲是有名无实的夫妻，父亲的心从未在他们母子的身上停留过，甚至后来还有了外遇。母亲知道这件事之后，吞下安眠药自杀去世。而悲剧发生之后，他的父亲不仅没有表示愧疚和收敛，还在短时间内正式迎娶了那个第三者。

翟雨曜既伤心又愤怒不已，在父亲的婚礼上气急败坏地大闹，竟被父亲当众掌掴。孤傲的他一怒之下毅然离家出走，并单方面宣布和父亲脱离了关系。

那时候他还没有独立生存的能力，却倔强地靠自己的双手撑了下来，经受了很多不为人知的苦难才勉强活下去。幸亏最后他得到云尚宇爸爸的帮助，顺利拿到了母亲遗嘱中留给他的部分财产，才买了房子单独居住，生活也稳定了下来。

“从曜被他的爸爸掌掴，并离家出走的那一刻开始，他就从来没对谁低下头过。他只能用暴躁的脾气，来防御可能受到的任何伤害，因此大家都觉得他不可亲近。但其实只要跟他相处久了，便知道他是一个细心温柔的人。”

李敏听完云尚宇的叙述，眼睛微微泛红，她悔恨地抓了抓自己的头发：“啊，我居然对他做了那么过分的事情！不行，我一定要找机会向他道歉！”她突然双手合掌，说，“对了！我们不是说要去游玩吗？前段时间海边开了一家新的水族馆，明天又正好是周末，我们干脆一起去水族馆吧！我请客，顺便跟他道歉。你们继续聊，我现在就去邀请他！”

话音刚落，她便立即转身朝翟雨曜的教室跑去。

林芷夏仍在消化着翟雨曜的故事。她对这个总是显得很傲然的男生有了全新的认识，可是她仍旧想不明白一件事情，于是开口问道：“为什么他不愿意说呢？他如果说出来，就会有人帮他分担，而且大家也不会误会他……”

云尚宇摇头打断了她：“没错，没有人不想被人喜欢。可这件事情对于曜来说是个疮疤，他绝对不会揭开自己的疮疤来博人同情。而且，越是他重视的人，他越隐藏得深，因为他不想让他重视的人反过来为他伤心难过。你明白吗？”

他的话刚说完，上课铃声骤然响起，走廊上的人朝各自的教室跑去，原本热闹的走廊很快便安静下来了。

林芷夏虽然还有许多话想和云尚宇说，但觉得现在不是时候，便和他道别，匆匆赶回教室。

窗外。

半个月前盛开得如火如荼的木樨花渐渐凋零了，香气袭人的花朵落下来，藏进了树下的草丛中。半空中时常有细小的花瓣在飞舞，有些随着风飘往远方，有些覆盖在周围的小片草地上。

树枝上的叶子被悄悄染上了黄色，干枯了的树叶在凉风中缓缓地飘落，在地面铺上了一层浅浅的黄色地毯。

教室里，专心上课的老师正一手抓着黑板擦，一手拿着粉笔，在黑板上奋笔疾书。

林芷夏双手托腮怔怔地看着黑板，因为云尚宇刚才的一席话，此时她的脑子里已经被翟雨曜占满了，她根本没有办法把注意力放在黑板上的任何一个字上。

云尚宇说得没错，那样一段往事对翟雨曜来说，就像是一个疮疤，因为害怕再受到伤害，所以才把它藏起来，不让任何人触碰。可正因为它是一个疮疤，他更应该把它裸露出来，为它敷药，让它慢慢地愈合。

可是，向来孤傲的他不愿意让自己的朋友为此伤心难过。

现在，云尚宇执意帮他走了第一步，说出了他所受过的伤害。而善良的她根本没办法把这个故事当成是事不关己的事情，她不停地思考着到底应该怎么做才能在不伤害翟雨曜自尊的前提下，为他消除这个疮疤带给他的痛苦？

一节课在她的左思右想中结束了。

课间，李敏来找她，对她说：“我已经成功邀请翟雨曜明天去水族馆玩了，云尚宇也答应一起去，你也要来哦！”

“嗯。”她点头应承，同时在心里郑重地想：既然这样，那么就以明天的水族馆之行为起点与翟雨曜成为好朋友吧！

次日。

秋高气爽，万里无云的天空蓝得如一汪清水。

水族馆坐落在S市的海边，入口是一个被做成正五边形形状的大门。

周末的游客很多，两列队伍分别从大门两侧缓缓地进入水族馆内。

因为是和云尚宇的第一次“约会”，李敏显得格外开心，下了车便积极地跑到售票处买了票，并笑眯眯地把另外三张票递给林芷夏、云尚宇和翟雨曜。

检票后，四个人随着队伍进入水族馆，但还要站在电梯上顺着传输方向行走一分多钟之后才能看到那一片让人震撼的蓝。

“哇——”

两个女生从电梯上下来后，就趴在椭圆形的玻璃墙壁上发出一阵惊叹声。

由于还没进到水族馆的最里面，玻璃墙壁外是一片淡淡的蓝色，往上看去，可以看到海面的波纹，像被蓝色画笔随意涂抹出的深深浅浅的蓝。从天空中照射进海底的光线落在光滑的礁石上，而从石缝中冒出的长长的水草，仿若与白蓝色的光线嬉戏般不停地扭动着。

几十条细长的不知名的鱼成群结队地在水草中穿梭。

最前面的那一条游到玻璃墙壁边，与两个女生瞪大了的双眼对视，然后抖了抖身体，转过身躲进了茂密的水草中。

林芷夏举着相机不停地拍照，而李敏则拉着云尚宇的手问那些鱼的名称，他微笑着一一作答。

“尚宇，你好厉害！”认为自己跟他已经是“约会”的朋友关系了，李敏主动把云尚宇的姓省略，直接称呼他的名字，“你怎么会知道那么多鱼的名字？”

“这家水族馆开放之前，馆长邀请我爸爸和其他叔叔伯伯来参观，我和曜也有来，当时有工作人员讲解，就都记下来了。”

“是吗？可是那么多种类，居然听一次就全记下来了，也很厉害啊！”李敏眼中的崇拜和仰慕之情更明显了。

云尚宇腼腆地回以微笑，随后对林芷夏说：“今天就由我和曜做向导吧，另外，我负责掌管相机，帮你们拍照留念怎么样？”

“好极了！”林芷夏把手中的相机交给他，牵着李敏的手站在透明的水母前，“先帮我们来个合照吧！”

“好。一、二、三，茄子！”

四人沿着半圆形的玻璃长廊欣赏着无数漂亮的热带鱼。

云尚宇这个向导做得非常称职，几乎所有的鱼类都能够被他一一叫出名字，而翟雨曜似乎也被这热闹的气氛感染了，不再冷漠地充当会移动的石头，而是偶尔帮云尚宇解说一些鱼类的特点和生活习性。

水族馆内的长廊并不是一条直线通到底，而是被做成了类似五角星的形状，中间较大的空间被划分成休息区、展览区、购物区，为了方便游客，三个区域与长廊贯通，虽然用处不同，但都是用玻璃作为墙壁，所以到哪里都可以观赏鱼群、珊瑚，还有各式各样的表演。

两个女生走了两个小时，都显得有些疲惫了，云尚宇建议先在休息区用过午餐之后，下午再前往展览区参观。

休息区外的海域，鱼儿们似乎看到水族馆内的游客们在吃午餐也肚子饿了一般，争先恐后地从穿着潜水服喂食的工作人员的手里争抢食物。

游客们对于用餐时间的表演感到非常满意，都面带笑容地和鱼儿们一起享受午餐。

李敏一路小跑到休息区内的一张桌子前，朝林芷夏、翟雨曜和云尚宇招手，于是三人也快步走到桌前，一起坐了下来。

“你们先看看照片，我去点餐。”云尚宇把相机交给李敏，接着转身朝柜台走去。

林芷夏抢着打开相机屏幕，调出刚才拍的照片，一张张翻看起来。

“云尚宇真让人嫉妒，连拍照都有一定的技术，瞧瞧这角度抓得多好！”她一边说着，一边把相机递到李敏面前——

只见屏幕中，扎着斜马尾辫的李敏笑容甜美，她双手撑着膝盖，和玻璃那边一条橘红色的小丑鱼对望着。

镜头被调近了，可以看见海水的蓝色映照在她的眼睛里，加上灯光在玻璃上的反射，令她的眼睛仿佛蓝色的宝石般漂亮。

李敏的脸似被火烧了，又热又红。

她拿过相机，接着翻看其他的照片。

当她发现云尚宇帮自己拍了许多照片的时候，心里甜滋滋的，忍不住天马行空地开始想象下一次和他单独约会的情景。然而翻到后面，却发现林芷夏的照片也有很多，全部看下来，两人的照片数量相差无几，她心里难免有点失望。

林芷夏清楚好友此时心里的想法，于是低声安慰道：“哎哟，你不会这样就打退堂鼓了吧？我觉得目前情况还是很好的，你一定要好好把握这次机会，等会儿我帮你和云尚宇拍一张只有你们两个人的照片，今天你就算赚到了！”

“哼！我李敏像是那么承受不起挫折的人吗？你可要记得自己说的话！”李敏把相机塞进了林芷夏的手里，推开椅子站了起来，朝翟雨曜说，“我去帮尚宇，你要帮我照顾好芷夏哦！”

林芷夏顿时脸红了：“我自己能照顾好我自己啦。”

翟雨曜似乎觉得没什么，朝李敏挑了一下眉毛，淡淡地应了声：

“嗯。”

李敏见状，转过头一脸诡异地冲林芷夏眨了眨眼睛，便离开了。

林芷夏瞪着她离开的背影，忍不住在心里嗔骂：小敏，你这个好管闲事的家伙。当她回头的时候，刚好对上翟雨曜的眼睛，脸上的红色瞬间更深了。

她尴尬地低下头，摆弄了一下相机之后，又站起身走到玻璃墙壁前，说道：“这些鱼刚才没有看过，五颜六色的很鲜艳，应该也是热带鱼吧？那些珊瑚也很好看，还有那边那块红色珊瑚，好大哦！”她不停地说话，希望能转移注意力，掩饰自己和翟雨曜独处时胸腔里不知缘由的悸动。

“喂。”翟雨曜站起身，向她走了过去。

“嗯？”

她佯装不以为意地应了一声，从玻璃的反射里看到他朝她走过来的修长身影，觉得呼吸都有些困难了，根本不敢转身。

“芷夏。”他好像是第一次叫她的名字，而且是不带姓地叫她的名字，这种感觉太诡异了吧！

“转过身来。”他接着又说，见她没有动静，他伸手抓住她的肩膀，让她不得不面对着他。

林芷夏惊讶地抬头看着他。

此时，翟雨曜微微皱着眉头，嘴唇也轻轻地抿了起来，原本帅气的头发比初见时长了一些，竟让他少了几分冷硬，多了几分柔和的气质。

她同时也发现，翟雨曜的身材极好，既修长又挺拔，而他下巴的位置，正好就在她的头顶处。她蓦地想起某本书上写的“最完美的情侣身高，女生的头顶与男生的下巴平齐”，接着她摇了摇头。

笨蛋林芷夏，你到底在胡思乱想些什么东西啊？

翟雨曜见她时而走神，时而害羞的表情，最后竟然还闭着眼睛摇头晃脑，不由得叹了一口气："不要动。"

轻轻的叹息声从头顶上传来，林芷夏睁开眼睛重新看向他，随即便诧异地看到他脱下自己的长袖外套，然后双手穿过她的腋下，用外套的袖子当带子，将黑色的外套系在她的腰间。

她慌张地瞪大了双眼，屏住了呼吸。

翟雨曜整理外套的时候，脑袋稍稍从她的肩膀上往后探，从背面看，就如同是他将她拥在怀里一般。

他温热的呼吸拂过她白皙的脸颊，让她忍不住浑身颤抖了一下，慌乱地问："怎么了？"

就算是怕她冷，也应该把外套披在她的肩膀上才对吧！

"闭嘴。"

他说得凶狠，动作却轻柔，甚至在打结的时候，还细心地弯下腰来，在她的肚子前系了一个漂亮的蝴蝶结。

林芷夏望着他的头顶，清淡的洗发水香气在她的鼻尖萦绕，带着一丝热气，把她的脸颊熏红得如同被掐出汁来的西红柿。她发现自己紧张得不行，心跳得又重又急，就像被什么紧紧地攥住了一般，血管里的血液似乎沸腾了，全身热乎乎的，就连十指都僵硬了。

翟雨曜重新抬起头的时候，见她怔怔地看着自己，别开了脸咳嗽两声才说："站在这里等我。"

说完，他着急地朝购物区跑去。

林芷夏趁着他离开的时候，不停地深呼吸，平复着心脏的躁动。

就在她脸上的红晕退得差不多时，翟雨曜带回来一个纸袋递到她的手里，她打开之后，脸一下子变得比刚刚还红了。

因为她朝里面一看——居然是一条新的牛仔裤和一包……卫生棉！

林芷夏顿时觉得自己的脑海里掀起了一场狂风巨浪，而她此刻就站在悬崖边，冲着撞击悬崖的浪花在心里发出一声抓狂的尖叫。

此时她只想把脑袋塞进袋子里，永远不要出来见人！

可是翟雨曜还站在她的面前，竭力掩饰着语气里的尴尬说："出门左转就是洗手间，快去吧。"

她只好抱着纸袋，一路狂奔。

洗手间内。

换好裤子后，林芷夏对着镜子里的自己说："林芷夏，你还敢出去吗？以后怎么见人？啊！要不这样好了，我帮你在纸袋上剪两个洞，你把纸袋套在头上，人家就看不到你了！可是……"她哭丧着脸，"掩耳盗铃好像没用吧，还是认命吧。"

休息区内。

"曜，芷夏呢？"

"她上洗手间去了。"

"诶，来了！芷夏，吃饭啦！"

"嗯……"

"咦，芷夏，我记得你今天是穿短裙的啊，怎么换成牛仔裤了？"

"难道你……"

"不要再说啦！"林芷夏不仅是脸，连眼睛都红了，心里狂骂：李敏，你这个大嘴巴！

"呵呵，今天天气真不错啊。"云尚宇想岔开话题，手指朝上一指之后，才发现头顶上是深蓝色的海底世界。

林芷夏在这一片沉默中用双手捂住了脸。

——上帝啊！

——佛祖啊！

——她果然应该用纸袋套着头再出来的！

CHAPTER 8

第八章

能够脚踏两条船也是一种能耐，只可惜你踩的都是烂船

周一。

林荫道。

中午的阳光很灿烂，照在半秃的树枝上，为悬挂在枝干上的些许绿叶涂上了一层淡淡的金色光晕。

阳光穿过树枝在半空中形成一束束光线，在地上洒落点点光斑。因为秋天树叶正在大肆掉落，光斑随着枝叶的稀疏而越来越大，像洒落在小道上无数璀璨的宝石。

枯黄的树叶零落在林荫道上。

风吹过的时候，把满地的落叶“扫”开，在林荫道两侧聚积成长条的“小丘”。

林芷夏和李敏习惯在吃完午餐之后在这条林荫道上悠闲地散步。

“小敏，我昨天接小哲出院，他邀请我今晚正式入住他家。”

“咦，这么快？”李敏问她，“你答应了吗？”

“嗯，我本来就跟他说好了会去他家住，至于时间只是先后的问题。”林芷夏牵着好友的手一边走一边晃着两人的手，不以为意地说，“既然他希望我今天就过去，那我就答应他了。对了，辛叔叔说今晚会派人来接我，你要不要陪我一起去？”

李敏耸了一下肩膀：“这怎么好意思？这是你第一天入住小哲家，他肯定有很多话要跟你说，我这么大瓦数的电灯泡就不要凑热闹了。”

林芷夏侧着脑袋，抿住唇睨视了她一眼：“拜托，我只是把小哲当弟弟，想好好照顾他，弥补之前失约对他造成的伤害。你别说得我好像是要去跟人家约会好不好？”

“好啦，只是开个小玩笑，你需要跟我生气吗？”李敏抽出手，搭在林芷夏纤瘦的肩膀上，把脸上原本充满调侃意味的笑容转变成讨好的笑，“既然你晚上就要从宿舍搬出去，相信还有很多东西没有收拾，需要人帮忙吧。我主动请求放学后留下来帮你，这下你该消气了吧？”

“嘿嘿，正等你这句话呢！”林芷夏笑逐颜开，“因为我有好几箱书，如果你不来帮我，我肯定搬不完的，谢啦！”

李敏用另一只手摸了摸自己的下巴，皱起眉头：“唔……怎么感觉自己好像误入陷阱了？”

“朋友之间就应该互相帮忙嘛！喏，今天你帮我收拾宿舍，明天我帮你补习英语，如何？”

“成交！”

辛哲的家是一栋近海的欧式别墅。

晚上八点，满月升至半空，如一块散发着莹润光泽的玉石。

月光如淡色的薄纱般覆盖住黑色的夜空，零落的几颗星子散落在天际，闪烁着微弱的星光。

海边的夜风有些大，吹得海水不断卷起波浪，发出有节奏的哗啦啦的声响。

黑色的汽车行驶在笔直的海边马路上，然后缓缓地停在了辛哲家的大门前。

辛哲早已经在大门前等候林芷夏的到来，见车子停下，便立刻迎上去帮她开门。

“西西，欢迎你来我家。”他微弯下腰，极具绅士风度地伸出手，示意她牵着他的手。

他的掌心宽大，手指自然地弯曲着，非常修长漂亮。林芷夏能看到他指节处淡淡凸起的青筋，她试探着将自己纤细的手指放在他的手上，心脏轻轻地颤抖了一下——这手比自己的大好多呢！

辛哲高兴地握住她温暖柔软的手，轻轻地把她搀扶下车。

林芷夏刚从车上下来，在别墅的大门前站稳了之后，大门左右两侧灯柱上的灯突然亮了起来，她下意识地抬起头，看到以这两盏灯为始端，由大门口延伸至内院，笼罩在白色百合花灯罩下的灯一盏一盏发出了亮白的光芒。

在灯光的照射下，她这才看到地上竟然铺着一条长长的纯白色地毯，从她的脚下一直往内院铺去。

她惊讶得微微张开了嘴唇，在辛哲的牵引下进入了辛家的庭院。

走在柔软的地毯上，林芷夏闻到了一股清淡优雅的香气，往周围一看，原来地毯两旁竟然布满了芬芳的香水百合！

无数洁白的花朵在绿色草皮的衬托下显得更加清雅出尘。

而庭院四周种植的绿树也不甘示弱，伸展的枝干上缠绕着小彩灯，彩虹一样的七色灯光此起彼伏地闪耀着。

红、橙、黄、绿、青、蓝、紫。灯光交融，映衬着纯白色的香水百合花瓣，还有同样以白色为主色调的复式别墅。

林芷夏以为自己穿越到了童话里的宫殿，满目都是华丽而雅致的事物，她震惊地瞪大了漂亮的眼睛："天啊——"

"西西，这是我特意为你布置的，你喜欢吗？"辛哲今天上身穿了一件白色的V领休闲衫，下身是黑色的牛仔裤，让他的双腿显得挺直而修长。

他的脸上带着羞涩的红晕，双眼在七彩灯光的照映下闪烁着如同星辰一样的光亮，一时间，天上的月亮、白色的百合花和别墅，还有不断跳动着的灯光都黯然失色了。

他的嘴角一直微勾着，保持着淡淡的笑意。

他笑起来的模样并不像其他帅气的男生一样耀眼灿烂，倒宛如纯净的清泉，有着令人赏心悦目的俊逸。

“小哲，这些都太美了！谢谢你！”

林芷夏走在白色的地毯上，只觉得脚下轻飘飘的，仿佛自己正身处梦境一般。

“我还准备了一份礼物送给你。”辛哲说着，走到一棵树下，拿出一个粉红色的礼物盒子递到她的手上，笑着说道，“拆开来看看。”

她用左手拖住礼物盒，另一只手解开了盒子上系着的蝴蝶结。

缎带被轻轻一扯便滑落了，她揭开盒盖。

刹那间，一抹柔嫩的粉红色映入了她的眼帘。

辛哲帮她捧着礼物盒子，她在他的眼神示意下，将礼物拿出来——原来那是一件粉红色雪纺小礼裙！

“哇——这个颜色好可爱！我可以穿上试试吗？”她将裙子抱在怀里，柔软的触感让她爱不释手。

“当然可以，它已经是你的了！”他重新牵起她的手，带她朝屋内走去。

林芷夏换上裙子后，便在用人的引领下来到了二楼的阳台。

辛哲家的阳台很宽敞，欧式栏杆上爬满了藤蔓，那些密集的枝条挂在栏杆上，宛若绿色的瀑布。

阳台的中央摆放着一张方形的餐桌。

餐桌上的花瓶内插着两朵粉红色的玫瑰花，旁边是一个极具艺术感的烛台。

玫瑰花，蜡烛，这是一顿名副其实的烛光晚餐。

辛哲一直站在餐桌前等林芷夏，就在她出现在阳台上的那一刻，他的眼前一亮——

她穿着他送给她的粉红色礼裙，裙子的设计非常简洁，但是又不失可爱，嫩粉色的雪纺布料正好衬托出她柔美的容颜和白皙的皮肤。

斜露肩的蝴蝶短袖如轻盈的蝴蝶翅膀般，随着风在她的肩膀上轻轻地飘动着。

不规则的裙摆一层叠着一层，正好盖住了她的膝盖，露出一截肤色白皙的修长小腿。

她脚上是一双粉色的系带高跟凉鞋，两朵透明纱网做成的玫瑰花点缀着她纤瘦的脚踝。

在月光的笼罩下，她宛如仙女般有着让人悸动的美丽。

她迈着轻盈的步伐走到餐桌边，辛哲立刻绅士地为她拉开椅子，请她坐下。

“谢谢。”

林芷夏朝他露出一个甜美的笑容。

辛哲坐在她的对面，好看的薄唇保持往上勾起的弧度，浓密的睫毛下，一双清澈的眼睛一直注视着她，仿佛全世界只有她一个人一样。

面对他这样深情的目光，林芷夏的脸变得滚烫发红起来：“你为什么一直盯着我看？难道我不适合穿这条裙子吗？”

“当然不是！”辛哲脸上的笑容更深了，眼睛如月牙般弯起，“西西这么漂亮，穿什么都好看，而今天晚上，更是漂亮得如同天使一样。”

“谢谢。”她不好意思地低下头，小声地说，“其实，像天使的人是你才对吧。”

“为什么这么说？”辛哲好奇地问。

林芷夏一手撑着下巴，微笑着看着他：“因为我记得第一次和你见面的时候，就觉得你像天使一样好看，才会主动接近你，要和你做朋友的。”

“我以为事隔这么久你已经忘记了，没想到你还记得！”辛哲一脸的愉悦，好像得到了心仪的生日礼物的小孩。

“其实也不是全部记得，有些就还有印象，有些就模模糊糊的，不清楚是不是真的发生过，有些可能就忘了。”她歉意地笑了笑，“对了，今天难得只有我们两个人吃晚餐，不如我们一起回忆一下我们小时候发生过的那些愉快的事情吧！我记得我小时候很调皮，喜欢趁你睡觉的时候偷偷地拿草逗你；还记得我喜欢吃草莓，不喜欢吃胡萝卜，所以只要餐盘子里有胡萝卜，就拨给你吃，而饭后有草莓，就骗你把草莓给我。我可坏了吧？”

辛哲笑出了声，轻摇着头表示不赞同，随即便打开了话匣子：“西西一点都不坏，正因为你把我当朋友，才会这么无所顾忌，这也是为什么我和你在一起会那么轻松惬意的原因。我和西西有无数快乐的回忆，而让我觉得最愉快的，就是我们一起去游乐园玩的那件事情。”

“游乐园？”林芷夏冥思苦想了一阵，不好意思地摸了摸自己的鼻子，“对不起，我把这件事情忘得一干二净了，你跟我讲一遍好吗？”

他并不气恼，仍旧微笑着凝视她，一边回忆一边说道：“我记得那天清晨，是因为隔壁一个小孩过来和我们炫耀前些天他的父母带他去游乐园玩，你见我不开心，就告诉我等下趁疗养院的姐姐们不注意的时候，我们两人一起去游乐园。”

林芷夏吐了吐舌头：“啊，原来我小时候这么调皮吗？”

“后来你真的带我偷偷地离开疗养院，陪我去了游乐园，也就是我们重遇的那个游乐园。我仍旧记得那天的天气很好，阳光非常灿烂，我们两人坐在漂亮的旋转木马上，你张开双臂说‘这种感觉就像是在飞翔’的那一幕，好看得就像画一样。”

“小哲，你太夸张啦。”林芷夏不好意思地红了双颊，烛光下红着的脸如同蔷薇花瓣般娇嫩。

“只可惜我们那次没玩多久就被院长抓回去了，坐在回疗养院的汽车上，我们还约定要再去一次游乐园。可惜不久之后，西西你就离开了，所以那天在游乐园，我听到你坐在旋转木马上再次说出那句话时，心里真的非常激动。那时候我以为自己认错人了，幸好后来上帝还是让我与你重遇，我才有机会在这样的月光下和你共进晚餐，回忆以前那些美好的时光。”

说到这里，辛哲突然轻轻地拉起林芷夏放在桌上的手，用自己宽大的手掌温柔地包裹住她柔软的手，认真且温柔地说：“所以西西，我一定会好好珍惜你在我身边的日子，我想给你一切我拥有的最好的东西。”

林芷夏与他纯真的双眼对视，心脏如同被温暖的手捧住般有股温热的暖流在身体里缓缓流过。

明明是她忘了对他的承诺，他却依然这么重视她，仿佛她是一块价值连城的珠宝一样值得被呵护，这怎能不叫她感动？

她的眼里蒙上了一层淡淡的水汽，她勾起嘴角微笑道：“小哲，我会遵守我们的约定带你去游乐园玩的！”

“西西，你真好。”辛哲咧开嘴唇，露出几颗如贝壳般洁白莹润的牙齿，“我真的非常喜欢你呢。”

林芷夏点头回应：“我也很喜欢你。”

“西西。”辛哲突然止住了笑，严肃认真地看着她。

“嗯？”

他握住她的手紧了紧，手心出了薄薄的热汗：“做我的女朋友好吗？”

海面上的浪潮哗啦啦地响着。

随着海风拂动的阳台栏杆上的绿色藤蔓如同少女飘扬的秀发。

林芷夏在辛哲深情的注视下，怔怔地看着对面面容精致俊逸的男生。望着那双如同浸在水里般湿润的眼睛，她的脑海里竟一瞬间闪过一张冷傲的脸。

——翟雨曜？

为什么会想起他？

她微微垂下头，眼神闪躲着：“小哲，这太突然了，我想好好考虑后再答复你。”

辛哲以为她害羞，便没有勉强，他放开她的手，笑着说：“没关系，我们以后还有很长的时间，你可以慢慢考虑。”随即帮她拿起刀叉放到她的手中，“刚才一直说话忘了吃东西，你饿坏了吧？我们开动吧！”

月已到中天。

庭院的树木上，七彩的灯闪烁着光芒，如同无数彩色宝石般镶嵌在枝干树叶间，在半空中折射出炫目的光斑，仿若加了高光效果的照片。

海风卷起一地浓郁的花香，在空气中徐徐飘散，那股幽香沁人心脾。

阳台的餐桌前。

林芷夏虽然一边切着盘子里的牛排，一边微笑着与辛哲聊天，可刚刚在她的脑海里稍纵即逝的翟雨曜的脸令她的心情再也无法平静。

隔天，雅致学院里刮起了一股“风暴”。

“风暴”的源头是早上有几个学生目睹了林芷夏和辛哲从同一辆汽车上下来，霎时间，“‘冷王子’已经名草有主”这个让无数少女心碎的消息迅速在校园内传开了。

图书馆。

几扇窗户敞开着，傍晚的夕阳洒落在靠窗的桌子上，染下一片橘红色的光亮。

秋风从窗户袭入，卷起窗户两侧的纱帘微扬，也带来十几个书架上的书页墨香。

林芷夏坐在靠窗的桌子上，一手撑着自己的额头，一手压住桌上的书，认真地阅读着。

她看书看得入神，任何人从她身边经过都无法引起她的注意，所以她完全不知道自己此时已经成了这间图书室里所有人的焦点——

“就是那个女生，叫林芷夏。”

“我知道她，她跟‘冷王子’是同桌，两人形影不离。”

“我早就猜测他们是情侣，你们居然今天才发现？”

“其实，我以前也有怀疑，但是为了不让自己伤心，所以才自欺欺人地假装不知道嘛。谁知道他们今天居然一同上学，这么光明正大地宣布他们的关系，我真是不死心都不行了。”

“我说，如果根据偶像剧剧情的发展，林芷夏应该会成为众矢之的被倾慕辛哲的粉丝们欺负才对，可是为什么她还能这么镇定地在图书室里面学习呢？”

其他女生看着发问的那个女生，认真地异口同声道：“因为林芷夏跟辛哲很般配啊！”

那个女生愣了一下，重新转头仔细地打量着窗边的林芷夏。

她将一头乌发简单地梳成了马尾，既显得随意又活力十足。额前的刘海用一个糖果色发卡夹起，却仍有几丝头发趁着风势调皮地掉了下来。她侧着脸，根根分明的睫毛浓密又卷翘，如同漂亮的羽扇般，眼眸宛若黑色的宝石般闪烁着明亮的光芒，如花瓣般的粉色唇瓣旁，隐约可以看到一个浅浅的梨涡，让人不禁想象她笑起来时甜美的模样。

橘红色的阳光洒落在她的身边，就像一幅温暖的油画。

突然……

“清王子！”

几声控制不住的尖叫打破了图书室里的安静，林芷夏也受到了干扰，她抬起头朝图书室入口的方向看去。

成为焦点的慕清镇定地接受大家的注目，他抬起食指放在唇边，向尖叫的几个女生做了一个噤声的动作，随即在找到林芷夏之后，便往她的方向走去。

“嗨，慕清。”林芷夏冲他挥手打了声招呼。

慕清微笑着拉开她对面的椅子坐下，并把手中的文件夹交给她，说：“这是书法比赛接下来的流程，还有工作安排表。虽然比赛是在期中考试之后，但是你有空也可以先熟悉一下。”

“好的。”林芷夏接过文件夹大致浏览了一下，便把文件夹放进书包里，抬头的时候，却发现慕清用双手撑住下巴看着自己，嘴角勾起了一抹促狭的笑意。

她摸了摸自己的脸，诧异地问：“你干吗这么看着我？我脸上不会有什么东西吧？”

慕清摇摇头，笑眯眯地说：“我今天早上刚进校门就听到一个有趣的八卦，我现在只是在想，你怎么能把这件事藏得这么紧，连我这个朋友都不知道。”

林芷夏这才知道他为什么笑得那么狡猾了，她的脸上立刻透出红晕，恼羞成怒地瞪了他一眼：“拜托，我已经很困扰了，没想到作为朋友的你不但不帮我澄清误会，还来开我的玩笑。”

“不！这绝对不是慕清的错。”

一个女生俏皮的声音从一侧传来，两人转头一看，只见李敏站在桌边，一手叉着腰，抬起另一只手的食指摇了摇，表情认真地说：“谁知道是不是昨晚小哲跟你告白，然后你们两个偷偷确定了情侣关系呢？如果是，连我这个死党都不知道，更何况慕清呢。”

当李敏说到“昨晚小哲跟你告白”的时候，林芷夏顿时心虚不已，错开跟她对视的视线，刚要辩解的时候，却看到翟雨曜和云尚宇并肩从门外走了进来。

图书室内又是一阵沸腾，但是，热烈的气氛在翟雨曜凛冽的瞪视中很快就冷却了下来。

李敏见到云尚宇冲她跟林芷夏微笑，迈着修长的双腿优雅地走过来，她的脸上立即露出灿烂的笑容，朝他挥舞着手臂。

就在云尚宇离她们还有几步远的时候，李敏忍不住上前几步迎了上去："嗨，尚宇，你来图书馆找资料吗？需不需要我帮忙？"

林芷夏又好气又好笑地看了一眼黏着云尚宇的好友，随即转头看向翟雨曜，想和他打声招呼，却发现他正看着站在她身旁的慕清，脸上的神色十分诡异。

只见他的眉头皱得极紧，嘴唇抿成一条直线，瞪着慕清的眼睛里似乎燃烧着一股愤怒的火焰。

而慕清则始终保持着优雅的微笑，弯成了月牙形的眼睛里却流露出她从未见过的冰冷气息。

仿佛有火星在他们之间爆裂开，而在对视的两个人周围的气压也越来越低，让人感觉有些透不过气来。

就在林芷夏准备说话缓和气氛时，翟雨曜转过头看向她，冷冷地说："今天早上刚进校我就听到你和辛哲在一起了，没想到现在你又跟这家伙在一起。能够脚踏两条船也是一种能耐，只可惜你踩的都是烂船。我想，你应该小心会掉进海里，谨慎点挑人才对。"

他说话的声音不小，引得图书室内的学生们纷纷侧目，他们一个个竖起耳朵，想听到更多有趣的八卦。

在一旁交谈的云尚宇和李敏听到翟雨曜的话后止住了对话，看向翟雨曜。

脾气急躁的李敏见他在众目睽睽下把话说得这么难听，让自己的好友气红了眼睛，于是上前几步，双手叉腰冲他训斥道："翟雨曜，你到底是怎么回事？我刚以为你是个好人，没想到你这么快就旧病复发了。我说，你有病就去医院看医生吧，来管我们家芷夏跟谁在一起干吗？"

翟雨曜淡漠地看了眼前的女生一眼，第一次没和她吵架，只是抬起头恶狠狠地看着慕清。

李敏见状，继续说："还有，慕清比你好不知道多少倍，人家可是乘风破浪豪华舒适的游轮，才不是你口中说的烂船。要是芷夏选择了慕清，身为朋友的我可是举双手双脚赞成。"

慕清在这时候忍不住笑出声来，而翟雨曜的眉头皱得更紧了。

"既然小敏这么看得起我，那我就不能辜负你的期望了。"

"咦？"

李敏刚要问"你说什么"，慕清已经转身牵起林芷夏的手，经常带笑的嘴唇轻轻地落在她的手指上。

温热的唇瓣令林芷夏整个人轻颤了一下。

他抬起头，温润如水的眼睛里有她的影子。

"芷夏，我一直很喜欢你，我不要求你立刻给我答复，但是我希望你给我一个机会，让我追求你。"

图书室内顿时一片哗然，慕清的粉丝们纷纷因为这个爆炸式的宣言而脚软地扶住书架，防止自己伤心透顶而跌坐在地上。

林芷夏惊讶地微张着嘴巴看向他。

风从窗外吹来，卷着白色窗帘的边角互相拍打，发出吧嗒吧嗒的声音，也吹起了少女的黑色发丝，落在翟雨曜的眼里，将他的双眼染成更深沉的颜色。

李敏在一旁拍手叫好："慕清，好样的！"

翟雨曜瞪了煽风点火的李敏一眼，并冲林芷夏说："希望你的这艘豪华游轮不要撞到冰山，然后沉船。”随即转身离开，留下一个愤怒离去的背影。

“曜……”云尚宇唤了他一声，见他没有回头，于是跟了上去。

接下来的日子，“林芷夏”这个名字成为雅致学院所有学生口中每日必提的名字，风头一时盖过了“四大王子”。

毕竟，她和“冷王子”辛哲关系亲密，同时“清王子”慕清在大家的亲眼目睹下向她表白。这两件事情，无论是哪一件，在所有女生的心里都是无法实现的愿望，林芷夏却都得到了。

除此之外，大家还传言她和“云王子”云尚宇表面上虽是朋友，私底下说不定也有尚未公开的羁绊。

更有甚者，还制造出这四人之间存在四角恋关系的谣言。

而让林芷夏头疼的，不只是走到哪里都有人指点议论这件事情，还有仿佛是为了配合新闻的传播速度而迅速展开追求行动的慕清。

他刚告白完毕，便开始制定了相当全面的计划——

清晨，他风雨无阻地在校门口等她，只为了说一声“早安”；中午，他将他自己亲手做的便当送给她；放学，他笑吟吟地与她说“明天见”……

虽然林芷夏想了各种方法逃避，然而还是有一些突发状况是无法避免的。

学生会会议室。

学生会成员们正埋头筛选着会议桌上三个年级的学生提交的书法作品。

偌大的会议室内只听见宣纸被翻动时沙沙的声音。

林芷夏把一张入选的字帖放进装着入选作品的箱子内，回头看下一幅书法时，映入眼帘的是一张大篆体书法。

只见宣纸上写着“窈窕淑女，君子好逑”八个字，雪白的纸张上，每一笔都强而有力，圆转浑厚，十分有大家风范。她微笑着往下看了一眼署名，脸上的笑容却在看到“慕清”两个字时，尴尬地僵住了。

她抬头看向笑眯眯地看着她的慕清，轻咳了两声，说道：“慕清，学生会成员不允许参加书法比赛，这个规定好像是你拟定的吧？对不起，按照规定，我得把你的作品刷掉。”

“没关系，刷掉就刷掉吧，反正这张字帖又不是拿来参赛的，而是要送给你的。”

“谢谢。”林芷夏把字帖放到他的面前，“但是不好意思，相比大篆，我更喜欢舒展流动的行书，所以还是还给你吧。”

慕清也不气恼，把字帖收回去的时候，温和地笑着说：“不要紧，下次我写一张行书送给你。”

一直在一旁看好戏的一个男生此时插话进来：“会长在一年级的时候就在书法比赛中得了第一名，他可是行草隶篆楷都会呢，芷夏你应该让会长各种字体都给你写一张才对。”

林芷夏睨视了他一眼，压低声音威胁道：“你是不是手头的事情太少了？帮我分担一点吧。”

男生立即收敛脸上的笑容，重新埋头翻看手上的书法作品。

解决了会议室内看向她和慕清的另外几双好奇的眼睛，她低下头继续工作，以此回避慕清温柔注视着她的目光。

几天后，林芷夏单独邀慕清吃午餐。

秋末淡金色的阳光透过干净的落地玻璃窗洒落在红色的格子餐布上。

林芷夏喝了一口手中的冰红茶，放下杯子之后，才鼓起勇气对坐在她面前的慕清说：“今天请你吃饭，是想谢谢你最近总是准备便当送给我，另外也想告诉你，你不需要为我那么费心，因为我一直都把你当成我的朋友，以前是，以后也是。”见对方脸上一直保持着温和的笑容，她小心翼翼地问，“你懂我的意思吗？”

“你在怀疑年年稳坐全年级第一名的学生会会长的智商吗？”慕清抬手用勺子搅拌着杯子里的咖啡，见她洁白的脸颊上透着一抹不知所措的红晕，脸上的笑意更深了，“我知道你还没有喜欢上我，但是我控制不住我的感情。”

又被他狡猾地逮到机会表白了，林芷夏慌了神，抓起冰红茶猛喝了几口。

慕清觉得她此时慌张的表情有趣极了，于是拿起咖啡杯一边慢慢地喝着，一边欣赏。

“我知道你在困扰什么。”他放下杯子，“你是觉得我不顾场合旁若无人地向你展开追求行动，会让这件事在雅致学院传得越来越厉害。直白点说，你希望我收敛行径，好让你下次别再出现在校园八卦头条上是吧？”

林芷夏愣了一会儿，小声嘀咕：“既然知道，干吗一开始把事情闹得那么大？”

慕清听到了只是微微一笑，不予回答。

如果不把事情闹大，他怎么可能成功刺激到某人？要是不把事情闹大，他怎么能进行下一步计划？

“芷夏，我答应你，我不会再让你觉得困扰。只要是你不喜欢的，我就不做。但是，希望你不要阻止我喜欢你。”

慕清认真的眼神让她无法拒绝，最后她只好轻点了两下头，答应他的请求。

虽然无法彻底让慕清死心，可是她至少确定自己以后不会在那么多人面前因为遭遇突如其来的表白而尴尬，心情总算轻松了许多，于是笑着说道：“说要请你吃午餐，到现在才给你叫了杯咖啡，现在我去点餐，你在这里等我吧。”

“我怎么好意思让女生为我服务呢？”慕清站起身，“我陪你一起去。”说完，他绕过桌子帮她拉开椅子。

林芷夏说了声“谢谢”，随即起身。

就在她转过身的时候，迎面走过来一个服务生，服务生的手里端着一个放有几杯饮料的餐盘。

她没来得及闪躲，站在一旁的慕清迅速拉过她的手臂，用他的身体挡在她的面前。

下一秒，服务生手里的餐盘撞上了他的后背，一阵稀里哗啦的声音之后，地上布满了玻璃杯的碎片，橙汁、奶茶、番茄汁……各种饮料在地上混搭出五颜六色的图画。

而慕清的后背也被饮料泼湿了，白色的衬衫如同被彩绘了一般，衣角还滴滴答答淌着水珠，水珠落在地上，绽开一朵朵水花。

服务生估计是新来的，此时紧张得不得了，不停地向慕清和林芷夏道歉。

而被弄得一身黏腻的慕清只是苦笑了一下，然后开玩笑道：“你这饮料是冷冻过的吧？挺凉快的，要是夏天被淋一下，估计蛮舒服……”话还没说完，他不禁打了个喷嚏。

“真是的，这个时候还有心情开玩笑。”林芷夏接过另一个服务生递过来的毛巾，拉着慕清的手让他坐在椅子上，帮他擦着背上的饮料，“谢谢你刚才帮我挡了一下，不然被弄得一身脏兮兮的人就是我了。”

“自古以来，‘英雄救美’和‘以身相许’这两个词总是被人联系在一起，如果这次能博得你的喜欢，那被泼了一身饮料也是值得的。”

林芷夏的脸又红了，仿若刚才的番茄汁不是泼到了慕清的身上，而是泼到了她的脸上一般。

她沉默地低着头，却没有发现此时的落地窗外，有个男生正皱着眉头看着他们，俊美的脸上如同蒙上了一层霜一样冷酷，凌厉的眼神让周围的温度瞬间降了几度。

几秒钟之后，他恼怒地拂袖而去。

此时，乌云遮住了太阳。

天空阴沉沉的。

树木在秋风中摇晃，一片片枯黄的树叶在空中翩然飘落。

慕清看着窗外那个愤然离去的背影，嘴角勾起一抹让人不易察觉的微笑："看来，是要下雨了呢。"

CHAPTER 9

第九章

因为你是他想要的，所以我一定要先得到你

这是秋末的一场雨。

雨水如同一根根透明的银线般，细细密密地飘洒着，湿润了草地与树叶。

雨雾蒙蒙的天气，连秋风也要凑热闹，卷起树叶从树枝上脱落，落在湿漉漉的地面上。

天幕黑压压的，仿佛随时都会塌陷下来似的。

都说春雨下完之后，天气会越来越闷热，而秋末的雨天已经透出一股冬天将至的阴冷。

从教学楼出来的林芷夏接过辛哲递给她的雨伞，手指触碰到他冰冷的手背时，她担忧地问："小哲，你没事吧？"

他冲她微笑，摇了摇头："我很好。"

然而，他在秋风中单薄的身体，还有略显苍白的唇色，都叫她不放心："早上让你多带一件外套你偏不听，都这么大了还像个小孩子一样不懂得照顾自己。"她一边说着，一边用双手捧住他的手，希望手里的热度能让他暖和起来。

他反手握住她的手，愉快地笑道："有西西在我身边，我觉得很温暖，一点都不冷。"

站在一旁的李敏忍不住打了个哆嗦，双手不停地摩擦手臂上的鸡皮疙瘩，仿佛受不了似的说："不行了，太肉麻了。"

林芷夏瞪了她一眼，随后拿开自己的手，脱下身上的外套，披在辛哲的身上："虽然你穿不下，但是披在身上至少能稍微保保暖。"

从她的外套上传递过来的热度让辛哲感觉如同沐浴在春日的阳光里一样温暖，原本苍白的脸上多了几分血色。

他牵起她的手，说：“我们走吧，上了车就不冷了。”

林芷夏点点头，撑开伞，正要走下台阶的时候，身后突然传来呼唤她的声音。她回过头，便看到慕清迎面朝她快步走了过来。

“慕清？”她转过身，把雨伞收了起来，“你找我有事吗？”

见到近期一直和林芷夏出现在校园八卦头条上的慕清，辛哲的脸色瞬间如同被乌云笼罩了一般阴沉得厉害，愤怒让他的脸颊浮现出淡淡的不自然的红晕。

他冷冷地注视着慕清，眼神里毫不掩饰对他的警戒和厌烦。

慕清对辛哲的瞪视视若无睹，视线始终落在林芷夏的身上，他不好意思地说道：“虽然现在正在下雨，但是我想邀请你跟我一起去一个地方，不知道你愿不愿意？”

“不愿意。”

林芷夏还没有开口，辛哲已经站在她的面前，冷冷地替她拒绝了慕清的请求，随即紧了紧握住她右手的手：“西西，我们走。”

“可是……”

林芷夏刚开口，慕清便上前拦住辛哲：“抱歉，我是在询问芷夏，芷夏有权自己决定自己的事情，即使你是她的好朋友，你也无权替她做任何决定。”

辛哲的眉头皱得更紧了，漂亮的嘴唇抿成一条直线，似乎不屑与他说话，只是转过头看向林芷夏：“西西，今天天气这么差，我们还是早点回家吧。”

慕清牵起她的另一只手：“芷夏，我只需要你给一个小时的时间，拜托了。”

林芷夏的右手被辛哲攥在手心里，左手又被慕清牵着，她为难地看看左边，又看看右边。

如果答应慕清的请求，小哲肯定会陪自己一起去，现在天正下着雨，他的情绪又不好，心脏病可能会再一次发作，而不答应的话……慕清一脸急切的模样，估计应该是什么不好说的急事，朋友之间应该互相帮忙，如果狠心推脱掉，心里又会很不安……

天啊！

谁来告诉她，应该怎么办才好？

“这又是在演哪出好戏啊？”

冷漠的讥笑声传来，让所有人转移了注意力。

“林芷夏，你可真会自找麻烦。”

只见翟雨曜从不远处走来，他看了看互相拉扯的三个人，勾起嘴角朝身边的云尚宇讽刺地说道：“尚宇，你瞧瞧，这就是扮‘天使’的后果。”

向来觉得翟雨曜不招人待见的辛哲立刻狠狠地朝他瞪视过去，而慕清也看向他，一向温和的眼神此时带着一丝冷冽。

三个男生如同在进行一场无硝烟的对抗一般，周围的气压瞬间变得极低，空气中似乎有火星爆裂开来，让夹在几人中间的林芷夏感觉有些喘不过气了。

“我说，你们三个是小孩子吗？”李敏不忍心让自己的好友继续为难下去，于是上前将林芷夏拉到自己的身后，双手叉腰，对着男生们一个接着一个训斥道，“小哲，芷夏可以选择自己想做的事情，你不需要老是帮她做决定；慕清，如果你有重要的事情，不妨直接说，让芷夏可以权衡，你这样只会让她觉得不知所措；最后，翟雨曜，你别一看到芷夏有人追就吃醋好吗？真是幼稚死了！”

翟雨曜的脸霎时红了：“你胡说什么，我哪里吃醋了？”

"明明就是！"李敏仰头看着他，脸上的表情仿佛写着"你休想骗我"五个大字，"你是因为自己不受欢迎，所以才嫉妒芷夏这么受欢迎吧。拜托你做点正经事好吗？如果想要做一个受欢迎的人，就麻烦你不要老是那么毒舌。现在这个年代，外貌确实还能吸引人，但最重要的还是气质。你得好好向尚宇学习才对！"

翟雨曜闻言，转头看向云尚宇。

一直安静地站在一边的少年意识到自己突然成为所有人的焦点，于是尴尬地抬手摸了摸自己挺直的鼻梁，苦笑了一下。

翟雨曜接着又收回目光，沉默地看向站在李敏背后的林芷夏，眼神透着一股让人捉摸不透的深沉。

那眼睛发出幽幽的黑色光芒，如星辰，如粼粼波光，让人忍不住被它们吸引，心甘情愿地跌进那魅惑的深海里。

林芷夏的指尖一颤，发麻的感觉从十指蔓延到心脏。

这种从未有过的感觉让她觉得恐慌，她赶紧转移了与他对视的视线。

她走到辛哲身边，打开伞，低声对他说："走吧。"

仿佛觉得自己是这场战争的胜利者一般，辛哲喜悦地牵着她的手，大声地说："嗯，我们回家！"

望着两人撑着一把伞走入细雨中的背影，翟雨曜不由得攥紧了拳头。

指节用力时发出的声音令李敏为之侧目。

他的脸色难看得如同涂了一层水泥，眼中仿佛有一股燃烧得正烈的火焰，满是怒意的脸上甚至还能让人不难察觉出一丝嫉恨的情绪。

发现李敏用审视的目光看着自己，翟雨曜缓缓地松开拳头，将双手插进裤袋里面，怒气冲冲地转身离开。

云尚宇无奈地叹了一口气，和李敏道了声"再见"，便追了上去。而遭到林芷夏拒绝的慕清也失落地离开了。

待教学楼下只剩下李敏的时候，她回想着翟雨曜那一抹嫉恨的表情，终于后知后觉地发现——

翟雨曜他……不会是喜欢上芷夏了吧？难怪冰山变火山，果然是要世界末日了！

城市的傍晚比白天还要热闹。

路灯在雨中发出昏暗的光芒，马路两侧的商店上挂着色彩斑斓的霓虹灯，马路上行驶着的汽车飞驰而过，车灯发出耀眼的光芒，无数流动的光亮使得街道看上去就像天空上的银河一样璀璨炫目。

林芷夏坐在黑色的汽车里，出神地看着窗外。

雨势比刚才在学校里的时候要大许多，雨点如同黄豆一样重重地落在车窗玻璃上。

车内的暖气让窗户蒙上了一层薄雾，雾气偶尔凝聚成水珠，顺着窗户滑落。

窗外，颜色各异的霓虹灯迷离了她的双眼。

车内静悄悄的，只能听到汽车开动时的引擎声。

长时间的沉默让同样坐在后座的辛哲坐立难安，他犹豫了一阵，才找了个话题笑着问："西西，你冷不冷？要不要把外套穿回去？"

"不用。"林芷夏摇了摇头，始终精神恍惚地看着窗外，似乎没有兴趣回过头和他继续交谈下去。

"幸好刚才你没有跟那个叫慕清的家伙出去呢，不然被这么大的雨淋到了，肯定会生一场病的。那家伙不知道是怎么回事，在学校里一直缠着你就算了，还想邀你外出。我估计他也没什么重要的事情，也许只是找个借口骗你跟他约会而已。"见她没有搭话，他继续自言自语，"还有那个叫翟雨曜的家伙，脾气真是差到不行，说话的态度嚣张得要命，好像全世界都欠他钱一样……”

“小哲，不要说了。”

被林芷夏出声打断，辛哲愣了一下，看着她的眼神如同是遭到主人训斥而委屈至极的小狗。

他受伤的表情让她愧疚地回避他的视线，随后她闭上双眼，靠在椅背上，轻声说：“对不起，我今天太累了，想休息一下。”

辛哲难过地垂下眼睑，静静地凝视着她的侧脸。

她的睫毛又密又长，在眼睛下方落下淡淡的灰色阴影，白皙细腻的皮肤如同上好的玉，透着温润的光泽，柔软的粉色唇瓣宛若落在白玉盘子中的娇嫩花瓣。

记忆中有些婴儿肥的可爱小女孩经过八年的岁月成长为这样亭亭玉立、美丽动人的少女。因为她是西西，所以他将她与记忆中的那个小女孩重叠了起来，他以为她没有变，可是现在这么仔细一瞧，似乎有些东西早已变得不一样了。

这种感觉仿若一张密密的网将他包裹住，让他觉得有些窒息。

滂沱大雨一直哗啦啦地下着。

没有人能够预料到，会有多少事情的真相将在这场大雨的洗礼下逐渐暴露出来。

辛哲的房间内。

林芷夏在日光灯下举着温度计，在看到电子屏幕上显示的“37.8°”时，不禁皱起了眉头。

“小哲，你有点低烧，估计是在教学楼下被风吹了一阵受了凉的缘故。”她把温度计放下，打开床头柜的抽屉，从里面拿出预备好的退烧药，接着把水和药递给靠坐在床头上的辛哲，“来，快点把药吃下去，好好睡一觉，要是病情加重可能会影响你的心脏。”

辛哲接过水杯，咽下退烧药，随后便安静地盯着她，一点一点喝着杯子里的温水。

“怎么了？”她下意识地用手指梳理一下头发，奇怪地问，“为什么一直看着我？”

“西西，你会一直陪在我身边吗？”

“我不是答应过你了吗？”

“可是我今天觉得好不安，好像你会离开我一样，让我很害怕。”

“那是因为你生病了，所以精神比较脆弱。”她说着，拿过他手里的水杯放在床头柜上，让他躺下，并帮他掖了掖被子，“既然我说过会当你的守护天使，就会信守诺言的。我这样承诺，你放心了吗？”

辛哲不禁莞尔，带着微笑轻轻地合上了眼睛，并喃喃道：“西西，你要一直和我在一起。”

几分钟之后。

守在他身边的林芷夏见他睡着了，便蹑手蹑脚地走出他的房间。

刚关上房门，她便感觉到校裙口袋里的手机在震动。

她走回自己的房间，打开手机盖，见到屏幕上跳动着“慕清”两个字，便按下通话键，压低声音朝着电话说：“喂，是慕清吗？”

“芷夏，我生怕你不接我电话，如果那样，我就不知道应该打给谁了。”

电话那头慕清的声音带着浓浓的笑意，语气有些含糊不清，似乎不像平时那么俊雅幽默的他了。

林芷夏诧异地问：“慕清，你怎么了？”

“嘘……别说话，听我说。”慕清呵呵地笑道，“我要跟你说抱歉，都怪我，怪我没有提前邀你，害你在我和辛哲中间左右为难，所以你最后拒绝我的邀约是必然的。虽然知道不是你的错，可我还是很难过，因为我必须得到你的心，现在却做不到……”

“慕清，你是不是喝酒了？”她担忧地问，“你在哪里？”

“你真是聪明呢！我在钟翠路的卡门酒吧，第一次来，感觉真不错呀！你听，音乐的声音轰隆隆的，还有酒虽然不好喝，可是不知道为什么，喝完之后觉得好开心。”

那是因为你喝醉了啊！

林芷夏无奈地叹了一口气，细心地叮嘱道：“你待在那里不要乱跑，我现在就去找你。”

“啊，芷夏你要来吗？”慕清在那边激动地问。

“嗯。”她简短地答了一声，转身打开房门疾步走下楼梯。

“还有，你千万不要乱跑，不要跟和你搭讪的姐姐妹妹说话。”想到电视剧里的那些情节，她补充着，“那些哥哥弟弟也很危险，绝对不能随便喝或者吃别人给你的东西，知道了吗？”

不放心地重复说了两遍，她才结束通话，推开屋子的大门。

坐在客厅看新闻的辛承业站起身，走到她的身后问：“芷夏，这么晚了你要去哪里？”

“辛叔叔，对不起，因为太着急忘记跟你说一声了。”林芷夏焦急地道歉，“我的朋友在酒吧喝醉了，我怕他出事，所以想去找他。”

“这么晚了，我让小李开车送你去吧。”

考虑到辛家的海边别墅离公交车站太远，附近也没有计程车，再加上去找慕清的事情经不起耽误，林芷夏只好和辛承业道谢，便心急火燎地坐上黑色汽车，直奔慕清所说的卡门酒吧。

前脚刚踏入酒吧的大厅，就能听到震耳欲聋的音乐声，就像有无数爆竹在耳边炸开般，令从未来过酒吧的林芷夏一瞬间头晕得厉害。

看着大厅里一张接着一张的桌子，还有舞台上不停地扭动着的看不清长相的人影，她记得刚才慕清打电话给她的时候，背景并没有这么嘈杂，所以猜测他应该是在包厢或者是在厕所里。

她从大厅里走了出来，决定先打个电话给他，于是拿出手机按下回拨键。

电话那头很快有人接听了——

“芷夏，你不是说要来找我的吗？为什么我等了好久，还是没有看到你？”

“我已经到了，你在哪里？”

“我在包厢……啊，这个房间是几号来着？”最后一句似乎在问别人，随即她便听到电话那头有男人的声音说“206”，“听到了吗？是206，你想要吃什么？我帮你点。”

“不用了，我不吃夜宵的。我现在立刻去找你。”说完，她挂掉电话，长长地叹了一口气，重新走进酒吧。

在服务员的引领下，林芷夏找到了206包厢。

推开房门的时候，她便见到玻璃桌上摆放了十几瓶还没开的啤酒，还有满桌的小吃，而地板上则横七竖八地躺着十来个啤酒瓶。

看来他真的喝了很多，难怪说话那么语无伦次。

“芷夏，你来啦。”慕清眼神迷离地看着她，用手拍了拍身旁的位置，“过来坐。”

虽然他喝醉了，可是仍然十分俊雅，爱笑的脸上浮现出两抹红晕，双目有些湿润，透着亮光。平时总让人觉得睿智的人，喝了酒之后竟然透着一股憨意，看起来比平时多了几分可爱。

林芷夏虽然心里不高兴，可对着这样笑吟吟的脸实在是生不起气来，只好无奈地走到他的面前，温柔地劝道："慕清，走吧，我送你回家。"

"回家？"他愣了一下，随后又开了一瓶啤酒，笑嘻嘻地说，"你忘了，我不是告诉过你吗？我没有家人，所以我没有家。你瞧，这里挺好的啊，热热闹闹的。"

他喝了一口啤酒，开心地说："我很久没住过这么热闹的房子了，来，跟我一起庆祝我搬新家了！"他把另一瓶啤酒塞进她的怀里，"干杯！"

酒瓶与酒瓶相碰，发出清脆的声响。

她哭笑不得，把酒瓶放在桌子上，并夺过他手里的啤酒，拉着他的手想拉他起来："我真该给你录像，让你明天清醒之后，看看自己今天多有趣。"

可是他不愿意起身，林芷夏的力气没他大，拿他没办法，她正想说话，他却甩开她的手，用手肘撑住自己的膝盖，双手捂着自己的脸。

"怎么了？"

她的话音刚落，便看到了令她震惊的一幕——

慕清捂着脸的手指指缝间竟然滑下了一滴滴晶莹的水珠。

那是眼泪吗？

林芷夏惊讶地想着，随后小心翼翼地在他的身旁坐下，用手轻轻地拍他的肩膀，温柔地说："慕清，你是不是有心事，可以告诉我吗？"

他没有回答。

包厢里顿时变得很安静，能隐约听到大厅传来的音乐声和喧闹声。

许久之后他才抬起头，卷翘的睫毛被泪水沾湿，脸颊上却已经不见一丝哭过的痕迹。

"今天是我父亲的忌日。"他看着她，脸上的笑意被难过的神色代替。

她"啊"了一声，问："所以你今天问我能不能跟你去一个地方，是想让我陪你去拜祭你的父亲吗？"

“因为只有你一个人知道发生在我身上的那些事情。每年我都是自己一个人去，我希望今年有人陪我，可惜愿望又落空了。”

“对不起，我不知道是这样。对了，反正明天是周末，我再陪你去一趟好吗？”林芷夏一脸愧疚地安抚他。

他看了她一眼，幽幽地叹息：“明天的话，就不一样了。必须在忌日这天才是最好的时机……可是如果要等到明年，我不知道我还能不能忍耐下去。”

林芷夏觉得他又开始不知所云了，于是不解地皱了皱眉头：“为什么一定要在今天？还有，你要忍耐什么？”

“对了，我还有个秘密没有告诉你，今天就跟你说清楚吧！”慕清靠在她的耳边，低声和她说，“那个勾引我妈妈有了外遇的男人，原来有个儿子。你知道吗？那个男人姓翟……”

林芷夏的心里宛如被锤子重重地敲打了一下，眼睛瞬间睁大了。

“他的儿子叫翟雨曜。”

听到这个名字，她蓦地转头看着他，倒吸了一口凉气。

“大家都说我温柔和善，是完美的‘清王子’。” 慕清苦涩地咧嘴笑了一下，“可是没有人知道，当夜深人静，我躺在床上一闭上眼睛，就是父亲死不瞑目的模样，而睡不着的时候，我就恨不得……杀了他们。”

林芷夏打了个冷战，心跳得很厉害。

她努力深呼吸几次之后，才平复自己的心情，柔声劝解他：“慕清，我知道你父亲的事情给你很大的打击，可在这件事情上，翟雨曜也是受害者。”

她把云尚宇告诉她的事情，一字不漏地复述给他听，并说：“其实翟雨曜也很可怜，他早就和自己的父亲脱离了关系，所以你不应该把仇恨加在他身上，这样对他很不公平。”

慕清安静地看着她。

仿佛过了一个世纪那么久，他才开口："如果我告诉你，我不是恨翟雨曜，我只是想让那个姓翟的男人体会到失去亲人的痛苦，你会不会觉得我很可怕？"

"什么？"

她以为自己没有听清楚，讶异地睁大眼睛看向他，却看到他探着身子，微眯起眼睛凑到她的面前。

她下意识地往后退了一下，后背抵在沙发靠背上，慕清伸出修长有力的手臂，将她圈在沙发的转角中。

空气似乎被眼前帅气的男生夺去了一大半，令人难以呼吸。

她不安地咽了一下口水，双手抵在他的胸前，慌张地说："慕清，你清醒一点。"

"我很清醒。"他的声音低哑，嘴里呼出的温热气息拂过她的脸颊。

她想逃，手臂却被他紧紧地抓住，无法动弹。

而下一秒，嘴唇上传来的湿热的触感让她差点失声尖叫，可是被封住的嘴唇发不出任何声音，只能从喉咙里发出几声抗议的呜咽。

两秒钟之后。

慕清放开她，恶狠狠地说："我知道翟雨曜喜欢你，因为你是他想要的，所以我一定要先得到你！"

他的话让林芷夏彻底愣住了。

她的脸上满是震惊，宛如一个没有灵魂的布娃娃，脑袋里轰轰作响，连慕清的再度靠近都没有引起她的警觉。

她无法相信自己一直以来都信错了人。

那个初次见面时，幽默地介绍自己的少年……

那个刚进校园时，热心帮助自己，被无数女生围绕，被称呼"清王子"

的少年……

那个在学校顶楼，迎着夜风将温暖的外套披在自己身上的细心的少年……

那个在图书馆向自己告白，亲吻自己手指的少年……

那个迎着朝阳，站在校门口只为和自己打声招呼的少年……

还有刚才捂着脸，悲伤哭泣的少年……

难道都是假的？

难道只是为了骗她掉进陷阱里，用她来刺激所谓“喜欢她”的翟雨曜而塑造出来的虚假人物？

她不信。

明明他是那么温暖，那么完美。

可是，如果她不信，那么眼前强吻她的这个人又是谁？

这个人不是她认识的那个慕清。

她认识的那个完美少年，已经被仇恨淹没了。

慕清不知道自己为什么会吻林芷夏，好像是因为她维护翟雨曜，令他失去控制，又似乎是酒精烧得大脑热乎乎的，让他不舍得放开她娇嫩温润的唇瓣。

突然……

嘴唇被不知道哪里来的一道水流湿润了，唇瓣稍稍一抿，便尝到了一股咸咸的味道。

他睁开双眼。

林芷夏漆黑的眼眸映入眼帘，那眼里流露出的难以置信和伤心绝望让他的心脏仿佛瞬间被一只手紧紧地捏住了一样。

心脏的疼痛感令他清醒过来。

他松开抓住她手臂的双手，身体往后退了一点。

林芷夏抓住时机用力将他一把推开，起身冲出门外。

就在她打开门刚跑了几步的时候，她听见包厢内传来咚的一声，像是物体重重地摔倒在地上的声音。

泪眼婆娑的她犹豫了一下，还是停住了脚步，思索了一阵之后，她决定回包厢看看情况。

推开房门后，她果然看到慕清已经醉倒在地上。

经历刚才那场不愉快之后，她不敢轻率地靠近他，但是又不放心他留在这里睡到隔天醒来，一时间不知道应该怎么办才好。

她突然想起初遇云尚宇的时候，他告诉过她，只要她遇到什么事需要帮忙，他会在第一时间赶过来帮她。

尽管不想麻烦他，可是想想自己此时也只有他这一个朋友可以依靠了，于是她擦掉脸上的泪水，拨通了他的电话。

“芷夏？”

电话那边传来云尚宇温润的声音，让她的鼻子又酸了起来。

她忍住眼泪说：“尚宇，对不起，这么晚了还打扰你。”

他心细地发现她的声音不太对劲，于是柔声问：“怎么了，是不是发生什么事了？”

“我现在在卡门酒吧，慕清醉倒了，我不知道怎么办才好。我在206包厢，你能不能过来帮帮我？”

“你不要害怕，我现在就过去，十五分钟内赶到。”

十来分钟后，云尚宇果然找到了林芷夏，而尾随在他身后的居然还有翟雨曜。

她虽然觉得意外，但还是告诉了云尚宇从她接到慕清的电话到她离开的时候所发生的事情，唯独隐瞒了自己被他强吻这件事。

云尚宇弄清事情的经过之后，安抚她："不用担心，他有可能是喝太多酒醉过去了，当然也有可能是他起身的时候踩到地上的啤酒瓶子，滑倒撞到头晕过去了。为了保险起见，我们还是把他送到医院，让医生检查一下吧。"

"哼！堂堂的学生会会长居然会醉倒在酒吧里，真是可笑。"翟雨曜双手环抱在胸前，用脚尖轻轻地踢了踢慕清的膝盖。

"曜！"云尚宇出声制止。

"干吗？"翟雨曜微眯起眼睛，眼里流露出凶狠的光芒，"反正我早就看他不顺眼了，估计因为老家伙和狐狸精的事情，他对我也是恨之入骨。所以就算我们救了他，他醒过来之后也不会感激我们的，甚至还会恩将仇报也说不定。"

"不管怎么样，能帮就帮，更何况他还是我们的学长。"

"你要帮就帮，反正我只是来看热闹的。"

"那个……"林芷夏打断了他们的争论，支支吾吾地问，"难道……你们都知道，慕清的母亲和翟雨曜你的父亲……"

翟雨曜转过头，皱着眉头问云尚宇："你告诉她了？"

云尚宇无视他满脸谴责自己"多事"的表情，有些讶异地看着林芷夏："芷夏，我只告诉你曜的事情，而慕清和曜的关系，难道是慕清自己说的？"

她点了点头。

翟雨曜瞪了她一眼，低声警告着："这件事情不许说出去，否则我不会放过你。"听她郑重地应了声"好"，他似乎有些烦躁地用手抓了抓自己的头发，"好了，如果要把这家伙送到医院就快点去，我还要回去睡觉。"

云尚宇蹲下来，让慕清转了个身，随后将他扶着坐了起来，最后安静地看着翟雨曜微笑。

“干吗看着我？我说过我只是来看热闹的。”

多年的朋友情谊让云尚宇很清楚翟雨曜嘴硬心软的性格，他只是在脸上挂上信赖的笑容，翟雨曜便冷着脸一边跟着蹲下身去，帮他把醉得不省人事的慕清扶了起来，一边抱怨道：“真是麻烦，不知道我跟过来干吗，大晚上的还要这么折腾。”

两个男生一左一右架起慕清往外走，配合得默契十足。

林芷夏帮他们打开门，跟在他们的身后一同离开。

就在她尾随两个男生走出酒吧的时候，背包里传出手机来电时沉闷的震动声。

她掏出手机，打开手机盖，屏幕上显示着一串座机号码。她认得那是辛家的电话，估摸着是辛叔叔见她还没回去，担心她所以打个电话来问问情况吧。

这么想着，她按下通话键，正要说话，电话那头却传出一个女人着急的声音：“少爷！你不要冲动，我已经在打电话给林小姐了……啊，通了！林小姐，你在听吗？”

“我在，小哲怎么了？”林芷夏紧张地用双手握住手机，声音有些颤抖，让走在前面的翟雨曜和云尚宇不由得停住了脚步，回过头看着她。

“少爷刚刚醒过来，发现你外出了，情绪十分激动。”

“抱歉，请你让小哲听电话。”

“好的。”电话那端的用人李姐匆忙地走了几步，将话筒递过去，“少爷，我找到林小姐了，她请你听电话。我没有骗你，真的是林小姐，不信你听听……”

很快，她听到了辛哲的声音——

“西西，你听得到吗？”

“小哲，我听到了。”林芷夏柔声地问，“到底怎么了？刚刚李姐很慌张，你是不是做了什么让人担忧的事情啊？”

“没有啊，我只是醒来的时候发现你不在，心里觉得很难过，想在天台上吹吹风而已。芷夏，你是不是去见慕清了？”

“是。”仿若能看到辛哲脸上的笑容瞬间被冰冻了一样，她立刻补充说明，“因为他打电话给我，听上去像是在酒吧喝醉酒了，我只是过来送他回家而已。我很抱歉自己走得太着急，没有留张纸条向你说明，但是我相信小哲你一定可以理解，我只是想帮朋友而已。”

“我明白芷夏你只是想帮朋友的心情，可是我不能控制自己的心，你不在我身边，我总是觉得很慌乱。虽然很自私，但是我希望你现在能够回到我的身边。当然你也可以拒绝，可是，如果你不及时出现，我可不敢保证接下来我会怎么做。”

林芷夏的脸色瞬间变得苍白。

见她颤抖着手合上手机盖，翟雨曜和云尚宇互相看了对方一眼，接着看向她异口同声地问：“怎么了？”

“我现在有急事，要先离开。”林芷夏焦急地把手机放回背包里，拉链都忘记拉上，匆匆地说，“慕清就拜托你们了。”然后迈开双腿迅速朝停在路旁等她的汽车跑去。

“喂——你怎么那么不负责任？”

翟雨曜冲着她的背影吼道，却只能眼睁睁地看着她钻进黑色汽车里绝尘而去，他气得差点松手把靠在他身上的慕清扔到地上。

而云尚宇脸色沉重地望着黑黢黢的夜空，眼里闪烁着不安的光芒。

今天的这场雨虽然停了，可是真正的暴风雨也许刚刚开始吧。

CHAPTER 10

第十章

你说的要留在他身边的承诺，最终只会成为一句空话

黑色汽车急速行驶在沿海的马路上，最后一个急刹车，停在了辛家别墅的大门外。

车门打开，林芷夏从车上跳了下来，快步跑进庭院内。

一直在屋子外面着急地等待林芷夏的李姐见到她出现时，立即迎了上去，慌乱地说：“林小姐，你可来了。少爷还在天台上，我们怎么劝他都不肯下来。”

林芷夏跑进屋子里，连鞋子都忘了脱，便快步跑上楼梯，沿着走廊来到聚集了辛家所有人的天台。

夜空黑得如同被涂上了一层墨汁一样。

此时，辛哲正坐在天台的栏杆上。

他的头发稍长，调皮上翘的发尾在风中轻轻地扬起，有几缕发丝随风拍打着他白皙的脸颊。

天台的灯亮如白昼，落在他的脸上，让他的肤色显得更加苍白，带着仿佛下一秒就会消失的可怕的透明感。

他穿着单薄的睡衣，纤瘦的身体撑不起宽大的睡衣，秋风灌入他的睡衣里，让人不禁担心他病弱的身体能否承受风寒的侵袭。

天台上所有的人都神情紧张，却没有一个人敢靠近一步。

辛承业在旁边泪流满面地恳求儿子下来，他却置若罔闻，固执地等待着。

直到林芷夏出现，他面无表情的脸上才多了一丝笑容。

“西西，你回来啦？我就知道你不会抛下我的。”被寒风吹了这么久，他的声音有些颤抖，语气却是喜悦的。

“是，我回来了。”林芷夏接过用人递过来的外套，小心翼翼地走上前去，用外套将他包裹住，拥进自己的怀里，“很晚了，回去睡觉吧。”

辛哲从鼻腔里发出“嗯”的单音，随即乖巧地从栏杆上跳了下来，一手抱着外套，一手霸道地牵着林芷夏的手，走回自己的房间里。

辛承业一下子瘫坐在天台的藤椅上，用手按住自己的额头，叹了一口气：“都散了吧。”

几个用人面面相觑了一阵，便轻手轻脚地各自回房休息去了。

一场闹剧总算结束了。

辛家又恢复了宁静。

深夜的别墅静悄悄的，能听到夜风从海面刮过，掀起海浪拍打沙滩发出的刷刷声。

辛哲的房间内。

林芷夏将烧开的热水倒进玻璃杯内，杯子底下的冲剂随着水流滚动着，溶化在热水中。

她用筷子在水中轻轻地搅拌了两下，然后把杯子递给靠坐在床头上的辛哲，并接过他递给她的温度计，看了一眼之后眉头又皱了起来：“体温又高了一些。”

见她一脸担忧的模样，辛哲反倒觉得很开心，捧在手心里装有热水的杯子热乎乎的，温暖的感觉顺着血管传递到心脏。

“等冲剂凉了一些要一口喝下去，然后一觉睡到天亮。”林芷夏说着站起身，“明天早上我会再来帮你测一次体温，晚安。”

止当她要转身离开的时候，辛哲突然伸手拉住她的手。

“怎么了？”

“西西，不要走。”

她微笑着说：“我不会离开，我只是回自己的房间休息。”

“不行，你要留在这里。”辛哲摇了摇头，认真地看着她，“我怕自己睡着了之后，你又从我身边逃走。西西，答应我，要永远留在我身边。”

“我不是说过，会一直陪着你吗？”

“可是我觉得好不安，我觉得……你会离开我，一想到自己有可能再次失去你，我就觉得很害怕，没有再活下去的勇气了。”

辛哲的话让她的心里就像噎了一口气般难受。

一连串意想不到的事情让她压抑不住内心的情绪，她忍不住出声责备道：“在你的心里，生命是一件用来威胁人的武器吗？”

辛哲睁大了双目，诧异地看着她。

“小哲，原本我不想说的，可是一直忍耐不说，就是纵容。今天发生这件事情，都是因为你的不懂事、任性，还有自私。为了让我回来，你竟然以死相逼，你在决定这样做的时候，有没有想到辛叔叔？他将你养大，你是他最重要的亲人，可那个时候的你的心里只有你自己。”

辛哲张了张唇，半晌才低声解释：“我只是因为喜欢你，不想失去你……”

“对，你喜欢我，可是你心里最喜欢的是你自己。如果你喜欢我，你会想到你这样做我有多难过，想到如果你死了我有多心痛，而不是像刚才那样用死来逼迫我留在你的身边。”林芷夏从他的手中抽出自己的手，“因为你有心脏病，所以大家都把你捧在手心里。如果有人敢坦诚地教你为人处世的道理，或许你的妈妈就不会因为你的任性而那么早去世了。”

辛哲仿佛瞬间忘记了呼吸似的，他抬起头，安静地看着一脸不悦的林芷夏。他觉得自己的身体仿若掉进了冰窟中，血液里的温度都被抽离了，连捧着热水杯的手都冷得如同冰块。

周围的空气似乎缺少了氧气般令他觉得呼吸困难。

他的胸膛吃力地起伏着。

许久，林芷夏才听见他的声音——

“原来，在你的心里我是这样的人吗？”

他的声音有些颤抖，嘴唇白得如同一张纸。

见她怔怔地看着他没有回答，他的嘴角勾起一抹自嘲的笑，随后掀开被子，赤脚走出房间。

林芷夏回过神来并追出去的时候，已经太迟了。

空荡荡的走廊上空无一人。

她下意识地跑到天台上，发现辛哲果然重新攀上了栏杆。

“小哲！”

她恐慌尖锐的声音打破了夜的宁静。

他仿佛没有听到她的呼唤一般，固执地站在阳台的边缘上，任由夜风吹翻他的衣角。

“小哲，对不起，我刚才说的话太过分了。”她缓缓地朝他走近，试图安抚他的情绪，“我答应你，我以后一直留在你的身边，保证永远不会离开你。所以，拜托你从上面下来好不好？”

他回头看向她。

晶莹的泪水从他的眼里夺眶而出，沿着脸颊缓缓地滑落，落在天台上种着的玫瑰叶子上，让绿色的叶片颤动了起来。

“西西，你说的我都知道。因为我的任性，我害死了自己的妈妈；因为我的任性，我让爸爸活在失去妻子的痛苦中；因为我的任性，我让你感到为难，让所有人都不快乐。”

他压抑着痛苦的沙哑声音在幽静的夜晚响起，在海浪声的衬托下显得异常凄冷。

“我好羡慕你，有完整的家庭，有值得信赖的朋友，即使没有我，你也可以好好地活下去。”

说完，他闭上了眼睛。

“可是我只有你，西西，自从你离开后，我的世界一片黑暗，找到你一直是维持我生命的信念。后来，我以为我找回了你从此就会幸福了，然而我偶尔还是会问自己，到底西西还是不是西西，但是转念一想就觉得自己很可笑，明明西西就是西西啊。”

他重新睁开双眼，眼眸如同落在水里的黑宝石般。湿润的睫毛下，闪烁着怆然的暗淡光芒。

“可是我错了，现在站在我面前的西西已经不是以前那个西西了。这么多年过去了，你已经变了，而我的西西早就消失在时间的洪流里面，我的西西再也不会回到我的身边了。”

风呜呜地吹着，就像是夜的呜咽声。

他身上单薄的白色睡衣被夜风灌满，衣领和衣角在风中翻飞。

林芷夏察觉到他的脚轻微地动了一下，于是迅速冲上前去。

辛哲却只深深地看了她一眼，便义无反顾地跳了下去。

林芷夏情急之下将半个身体探出栏杆，伸长了纤瘦的手臂，想要抓住他。

可是五指只触碰到睡衣丝滑的布料。

风从张开的五指间穿过，如同一把刀子割得她生疼。

白色的身影急速下坠，如同断翅的蝴蝶，又好像折翼的天使。

咚的一声。

身体与地面激烈撞击，丝丝红色从伤口溢出，在地面上晕染开来。

白色的衣服上绽放出一大片一大片鲜红的花朵，覆盖住林芷夏的双眼。

整个世界似乎被黑暗吞噬了。

坠入黑暗的感觉原来那么痛。

那么痛……

意识渐渐模糊了，她只觉得眼前一黑，便陷入了一个冗长的梦境。

“西西，你醒醒。”

耳边隐约传来一声有些稚嫩的呼唤，小芷夏吃力地睁开自己的双眼。

眼前是一抹炫目的白光。

模糊的景象渐渐清晰了。

有个瘦弱的小男孩趴在床边，笑眯眯地看着她。

男孩的头发黑黑软软的，睫毛又浓又翘，像是制作得十分精致的娃娃。眼睛如杏仁一样又大又圆，笑起来的时候，从眼里闪现出宝石一样的光芒。

她微微张开嘴巴，轻轻地嘟囔着：“小哲，你好吵哦。”

“西西，你看我给你带了什么。”小男孩献宝似的捧着一个小篮子，篮子里面躺着许多闪耀着漂亮光泽的草莓。

“哇，草莓！”她立即从床上跃了起来，抓起篮子里最大的一颗草莓大口吃了起来，“真好吃！”

小男孩顿时傻眼，犹豫了半天才说：“你还没刷牙呢。”

小芷夏不好意思地吐了吐舌头，随即爬下床，找出自己的牙刷和毛巾。

“辛哲，林芷夏！”

隔壁的小胖子突然闯了进来，兴奋地手舞足蹈：“昨天我爸爸带我去游乐园了，那里可好玩了！摩天轮、旋转木马、碰碰车……哎呀，我还玩了什么？总之，都是一些很有趣的东西。你瞧瞧这个公仔，是我爸爸在射击游戏里赢的礼物哦，很可爱吧！”

小胖子把泰迪熊公仔捧到小辛哲的面前，却在他想碰一碰公仔的时候，重新抱进怀里，说道：“让你们看完我要去给别人看了，拜拜！”便如风一样离开了。

“有什么稀奇的。”小芷夏不屑地“哼”了一声，便走进洗手间洗漱去了。

待她出来之后，便看到小辛哲坐在木头椅子上，怔怔地看着窗外，并喃喃地问：“游乐园究竟是什么样的？”

“你没去过吗？”

小辛哲点点头。

小芷夏思索了一阵，靠在他的耳边小声地说：“等会儿趁护士姐姐们不注意的时候，我带你去游乐园见识见识，怎么样？”

小辛哲眼睛发亮，重重地点了一下头。

……

“你们这两个小鬼，胆子可真大，居然自己跑到游乐园来玩了！”扎着马尾辫的护士姐姐抓着他们的手，气呼呼地说，“你们知道疗养院的医生和护士们有多担心吗？要是出了事怎么办？”

小芷夏和小辛哲坐在汽车后座上，低着头，一副虚心听教的样子。

等护士姐姐训够了话之后，小芷夏才假装睡着了，靠在小辛哲的肩膀上，偷偷地对他说：“游乐园很好玩吧？”

小辛哲轻轻地“嗯”了一声。

“那么我们约好下一次再一起去玩。”

小辛哲笑了，脸上的笑容比阳光还要灿烂，似乎能把冰山融化了一般。他低声应道：“好。”

没有人知道，当时的他心里有多愉悦。

没有人知道，这轻轻的一声“好”，包含着多么深的感情。

深到令他在这八年的时光里始终无法忘记，无法割舍。

转眼八年过去了。

当年的小男孩变成了英俊忧郁的少年。

一样单薄的身体，同样精致的眉目。

却变得越发不苟言笑，变得比以前更加脆弱了。

然而当女孩走入他的视线时，他仍旧是那个只要她在他身边，他就会开心快乐的小男孩。

他看着她的眼睛清澈纯净，仿若是一汪泉水。

他如同天使一般纯洁，也如同一股清泉一般，让人觉得周围的空气清新而且干净。如果要用颜色来形容，他应该是如天使翅膀上的羽毛一样的纯白色。

可是……

为什么？

为什么有红色的血液从他的身体里流出来？

为什么那些刺眼的颜色把原本纯净的白色染红了？

为什么他会站在血泊中，哀伤地看着她。

四周渐渐暗了下来。

黑暗中，沐浴在血泊中的少年，凄厉的声音不断传入她的耳中：“西西，你变了！”

“不，你不是西西！”

“是你杀了西西！”

“把西西还给我！”

“还给我……”

“还给我——”

……

“小哲！”

林芷夏痛楚地呼喊着，从昏迷中惊醒过来。

眼睛突然睁开，阳光那么刺目，让她不得不眯起了双眼。

脸上湿漉漉的。

她用手轻轻地抹了一下，才发现打湿自己脸的原来是从眼里淌下的泪水。

似乎听到床边有人推开椅子站了起来，轻声叫着自己的名字：“林芷夏，喂，醒醒。”

她重新缓缓地睁开眼。

泪眼蒙眬中，她看到俊朗的男生皱着浓黑的双眉，满脸紧张地看着自己。

“翟雨曜？”她的声音有些沙哑，“为什么你会在这里？”说完，她环视了一下四周。

豆绿色的墙壁。

白色的床单。

翟雨曜、云尚宇，还有李敏都站在自己的床边。

“这里是……医院？”她的大脑仍混混沌沌的。

这个时候，李敏靠了过来，解释道："你忘了吗？你在辛哲家昏倒了，睡了一天一夜。"

深深的黑色在她的眼里扩散。

蒙胧的双目慢慢地变得清明。

林芷夏猛地从床上坐起身，抓住李敏的手臂："我要见小哲。"

李敏张了张嘴，随后难过地转过头。

"小哲在哪里？我要见他！"

她把视线投向另外两个男生，可是他们同时躲避她询问的目光，似乎要埋藏一些不想让她知道的秘密。

林芷夏顿时如同被扔进了冰窟里，寒冷瞬间侵入她的身体，令她忍不住颤抖了起来。

她想起了在辛家的天台上，如断翅的天使般在她眼前坠落的身影；想起了梦里站在血泊中悲痛欲绝的辛哲。

她哽咽着问："我是不是把小哲害死了？"

没有人回答她。

所有人的沉默让她难以呼吸，泪水随即夺眶而出。

从未有过的恐惧和心痛让她不由自主地按着自己的胸口，大声哭了出来："拜托你们告诉我，小哲到底怎么样了？"

她不断追问着，突然开始猛烈地咳嗽起来。

她一边咳嗽，一边自责道："都怪我，明明知道小哲有'自闭症'，还对他说了那些让他难以接受的话。明明知道他害死他妈妈这件事是个伤疤，我还那么恶毒地揭开。其实最自私的那个人是我才对，因为心情不好，就忍不住责备他……明明可以忍下来的，为什么我会那么残忍？"

她用双手捂住自己的脸，任由眼泪从指缝中不断滑落。

白色的床单上留下了一块块深色的痕迹。

“对不起，小哲，是我害了你，对不起……”

病房内，她的哭声和悔恨的自责让其他三个人都忍不住皱起了眉头。

最先沉不住气的翟雨曜深吸了一口气，冲上前去，掀开她身上的被单，将她抱了起来。

“曜！”云尚宇抓住他的肩膀，“你忘记我们答应过辛哲的爸爸……”

“反正只是说不要见面而已，又没说不能偷偷地看一眼。”翟雨曜甩开云尚宇的手，对着蜷缩在自己怀中的林芷夏没好气地警告道，“喂，我这样做已经很丢脸了，你可不要哭得太过火。如果让别人误会我要对你怎么样把我抓起来，你就见不到辛哲了。”

林芷夏听他这么说，便知道辛哲还活着，于是稍稍止住了哭声，用衣袖擦了擦自己满脸的泪水。

“嗯！”她用浓重的鼻音回应，接着将脸埋进了他的怀里。

高级病房外。

林芷夏透过门上的窗户看到头上包着纱布的辛哲正坐在床上，好奇地往四周张望。

而辛哲的父亲正一手端着碗，一手拿着汤匙喂他喝汤。

辛哲喝了一口汤后，脸上突然露出痛苦的神色。

辛承业立刻紧张地问：“怎么了，头疼吗？”

“一点点。”辛哲朝父亲微笑，接着一脸不解地问，“奇怪，为什么今天妈妈没有来呢？”

“你记得你的妈妈？”辛承业立即聚集全部的精神定定地望着他。

辛哲摇了摇头：“不记得，可直觉是有的，但是不知道为什么，一点印象都没有了。”

辛承业松了一口气，爱怜地说：“你妈妈身体很虚弱，生下你的时候就难产去世了。这些年来，都是你和爸爸相依为命。你不记得的话也不要紧，以后我会一点一点告诉你的。”

辛哲笑着张嘴衔住汤匙，再喝了一口汤，随后满足地笑着说：“爸爸，你对我真好，辛苦你了。”

见父亲一脸莫名其妙地看着自己，他继续说：“这么多年你一个人照顾我一定很累，等我出院了，就换我来照顾你。”

辛承业握着汤匙的手微微颤抖起来，他怔怔地看着自己的儿子，眼里闪着泪花。

半晌，他才偷偷地擦掉眼角的泪水，开心地笑着说：“好，你可要说话算话。”

“嗯！君子一言，驷马难追！”

病房门外的林芷夏见到病房内温馨的一幕，惊讶地用手捂住自己的嘴巴，低声问道：“怎么会这样？”

翟雨曜叹了一口气：“辛哲从天台摔下来的时候，伤到了头。幸好跳下来的地方不高，所以没有生命危险。只不过他失去了很多记忆，把很多事情都忘记了。”他低下头与她对视，“辛哲的爸爸怕辛哲见到你的时候，会重新喜欢上你，怕悲剧重演，所以他要求我们不要再让你和辛哲见面。”

林芷夏的眼里满是泪水，再一次落了下来。

“你和辛哲的事情，我们已经听辛哲的爸爸说过了。其实辛哲现在这样，也未尝不是一件好事。”

“嗯。“林芷夏哽咽不已。

看着她泪眼婆娑的样子，翟雨曜的心脏似乎快被融化了，他温柔地安慰道："辛哲的心里只容得下你一个人，也只需要你一个人。可你只是把他当成弟弟，你根本不可能和他一样对他有同样的感情。你说的要留在他身边的承诺，最终只会成为一句空话，所以如果你们这样勉强下去，他只会更加不快乐，而你也会因为失去自由而痛苦。"

他顿了顿，继续说："而这一次发生的事情，其实是上天给你们的机会。失忆了的辛哲可以不用再固执地守着你一个人，或许以后他会遇见更好的，真正喜欢他并且想留在他身边的人。而你也不用再被那个约定束缚，继续承受那么大的负担了。"

翟雨曜柔声的话语如同温暖的太阳般蒸发掉她眼里的泪水。

林芷夏仰头看着他，黑亮的眼睛如同小鹿的双目，纯净得让人忍不住想要呵护。

他低头凝视着她。

他那总是冷硬地抿成一条直线的唇舒展开来，凌厉的眼神多了几分柔软，而宽厚的胸膛和有力的臂膀都让人觉得可靠。

互相注视着对方的两个人，脸颊微微红了起来。

心脏跳动时扑通扑通的声音传入耳朵里，宛如擂鼓般。

周围的空气似乎也渐渐热了起来。

两人的脸越来越红了，仿若脸上有热气在蒸腾一样。

"翟雨曜……"

林芷夏低下头，轻轻地唤他，然后不好意思地说："你放我下来吧，我可以自己走回去。"

翟雨曜轻轻地咳嗽了一声，沉默了两秒之后说："你没有穿鞋子，而且我又不是没力气，就这样回去吧。"

他抱着她转身走回病房。

“可是，你不是说这样子很丢脸吗？”她挣扎着想要从他的怀里跳下来。

“现在走廊上连个人影都没有，怕什么？”他挑了挑眉，“你再动的话，就要摔下去啦！”

说完，他假装松手。

林芷夏感觉身体蓦地往下坠，吓得立刻用手臂勾住他的脖子。

翟雨曜的脸上露出一抹奸计得逞的狡猾笑容，他调侃道：“都叫你不要乱动了，偏不听。幸好只是逗你玩而已，不然你就真的屁股开花了。”

林芷夏脸上的红晕因为窘迫而变得更深了，她恼羞成怒地瞪了他一眼，却不敢再随意挣扎了。

翟雨曜抱着她走向走廊的拐角。

此时，朝他们迎面走过来的一个人在看到翟雨曜之后，眼神瞬间变得阴冷狠厉。

“慕清？”林芷夏惊讶地抬头看着翟雨曜，“慕清也住院了吗？”

他冷冷地说：“昨天晚上我和尚宇把这家伙送到医院，医生说他跌倒时碰伤了脑袋，要住院观察。不过，我觉得这家伙有没有碰伤，脑子都是有问题的，就算留院也治不好，反而浪费了医院的资源。”

已经把对翟雨曜一家的恨意坦然地告诉了林芷夏的慕清，此时已经不需要假装不认识翟雨曜了，于是他冷冷地勾起一抹嘲讽的笑，并傲气地说：“就算是你把我送来医院，你也休想我会感激你。”

“我早就知道你是这样的人了，要不是尚宇请求，我才懒得搭理你。”翟雨曜不屑地看了他一眼。

慕清向他们走近了几步，看了看被翟雨曜抱在怀里的林芷夏，随后又重新看向翟雨曜，眯起眼睛：“我也不会因此就把芷夏让给你的。”

翟雨曜哈哈笑了两声，冷冷地说："走着瞧，谁让谁还不一定呢。"

两个男生互相瞪视着对方，而被他们夹在中间的林芷夏觉得空气瞬间都稀薄了，呼吸顿时变得急促了起来。

翟雨曜的话如同是一颗石子投入她的心湖，激荡起一圈圈涟漪。

之前听慕清说翟雨曜喜欢她的时候，她还觉得难以置信，但今天他们两人的对抗，他说"谁让谁还不一定"这句话，不正是在向慕清宣告他的立场吗？

对于他的话，她震惊不已。

可更多的还是说不清道不明的喜悦。

难道她也喜欢他吗？

或许吧。

不然，她怎么会心跳得这么厉害呢？

周一。

林芷夏回到学校上课。

早自习的时候，班主任宣布了辛哲转校的消息。

这个消息如同一颗重型炸弹，再次掀起了一股浪潮——

"难道辛哲和林芷夏分手，辛哲不堪恋情告吹，所以痛苦地离开了？"

"也有可能是辛哲对林芷夏的感情只是好玩，可惜分手之后，林芷夏死缠烂打，辛哲觉得不耐烦才转了学。"

"不管怎么样，雅致学院都少了一个王子啊。"

"对，以后少了一道养眼的风景了，真是可惜啊！"

"唉——"

林芷夏轻轻地抚摸着辛哲用过的桌子，想起前几天，他还坐在她的身边，亲热地笑着唤她的小名，她的眼泪不禁落了下来。

她将头埋进自己的双臂里，趴在桌子上，悄悄地哭泣着。

几天后的下午。

课间。

李敏在A班教室的门口出现，看到林芷夏，她笑眯眯地走了进来。

“芷夏，今晚来我家吃饭吧。”

林芷夏点点头，奇怪地问：“今天吃午餐的时候，你干吗不说？”

“嘿嘿，我忘了嘛。”李敏在她的身旁坐下，数着手指，“妈妈说今晚要做松子鱼、糖醋排骨、水晶饺子，还会煲一大锅汤……啊！想想都流口水了。”

林芷夏幽幽地叹了一口气，说：“小敏，其实你不用每次下课都找借口来陪我，我没事的。”

李敏侧着脑袋低喃：“居然被发现了。”随后看向她，认真地说，“你少废话，你当我们这几年的朋友是白做的啊？我就是因为知道你现在还深陷在自责的泥坑里面，所以才想拉你一把。等到哪一天你真的没事了，你求我来见你我都不一定想来呢！”

好友大大咧咧的性格，口是心非的话语，让林芷夏瞬间觉得轻松了许多。

“谢谢你。”

“少来了。”李敏用手肘撞了她的手臂一下，“你明知道我不爱听这种肉麻话，如果你真的内心充满了谢意，记得今晚帮我洗碗就好了。”

“没问题！”

连日的阴雨天终于结束了。

太阳拨开层层乌云。

阳光照耀在悬挂着雨珠的树枝上。

湿漉漉的草地在阳光的照射下，反射出绚烂的光芒，如同有无数珠宝落在黄绿相间的草地上一般。

林芷夏望着窗外那株树上仅剩的几片树叶缓缓地掉落下去，对身边的李敏淡淡地笑着说："冬天很快就要来了。"

CHAPTER 11

第十一章

你以前明明不喜欢他，为什么现在却要站在他那边

南方的冬天与北方大不相同。

风似乎带着湿气，穿再厚重的衣服也挡不住寒冷的侵袭。

幸亏有太阳，当阳光照在身上的时候，就有种如同被母亲拥入怀中的感觉，暖洋洋的。

候鸟也喜欢南方的冬日，纷纷选择在此筑巢过冬。

于是在许多树的树丫上都能看到好几个鸟巢，一到清晨或是傍晚，便能看到无数鸟儿盘旋着外出觅食，或归巢休息。

周六的上午。

林芷夏和李敏受邀参加翟雨曜的生日宴会。

虽说是宴会，其实就是两个男生和两个女生买了些零食和饮料，做一顿丰盛的午餐，一同为翟雨曜庆祝生日。

虽然人不多，但宴会上热闹的气氛令平时总是冷着一张脸，不苟言笑的翟雨曜也比以往多展露了几次笑容。

午餐过后，李敏掏出塔罗牌，说要帮大家占卜今年的运程。

在餐桌上喝了两杯红酒，她似乎有点不胜酒力，白皙的脸红扑扑的，拿起塔罗牌的时候手还抖了两下，她看着大家不好意思地笑道："那我就先给自己占卜了。"

见没有人表示反对，她立刻抽出几张纸牌，摆放成最上一层三张牌，下面两层各一张的爱情树牌型。

随后她翻开中间那一张，说："这张代表了我……魔术师意味着我在行事上有良好的动机、宽阔的心胸和充足的准备，一切都在我的计划之中，能够很好地把握住机会，向成功稳步迈进。”见翟雨曜用怀疑的眼神看着自己，她尴尬地咳嗽一声，继续道，“在爱情方面更是游刃有余，处于主动地位。”

接着，她揭开最上层左边那张牌，是一张正位的星星，于是解释：“这个代表我的过去，正位星星表示我对自己很有信心，在爱情上，对两人的关系抱有乐观的态度。”掀开中间那张的时候，她咧嘴笑道，“正位的正义跟星星是差不多的道理，多说无益，看看我喜欢的那个人是什么样的人吧。”

李敏的最后一句话让林芷夏忍不住偷偷地掩嘴笑了起来。

原本她还不明白好友为什么要对着两个男生占卜自己的爱情，现在仔细想想才发现，原来好友是想借此机会，用塔罗牌的方式向云尚宇委婉地表白。

偷偷地瞧了瞧面带笑容看着她的云尚宇，李敏鼓起勇气，翻开自己一早便使计谋特意摆放在最下面位置的纸牌：“悬吊者，这张代表我的白马王子已经出现了，应该是出现在我周围的人，只不过对方还不知情。或许这个人，嘿嘿，就是翟雨曜……或者是尚宇你哦。”

最后一句话说出来的时候，李敏的脸红得就像被红色颜料涂抹了一样。

整句话的重点落在“是尚宇你”这四个字上，只要稍稍分析，便知道她说出这句话的意图，更何况像云尚宇这样聪明细心的人，更是一瞬间便明白了。

他却保持着优雅的笑容，说：“我帮你看看未来会怎么样吧。”说完，他伸出修长的手指，打开最后一张牌——

那是一张逆位的恶魔牌。

李敏看着最后一张牌，愣了一下。

“这张牌代表你觉得对的那个人并不适合你，与其继续喜欢下去，不如赶快去寻找你真正的真命天子。逆位暗示你终将摆脱诱惑，重新快乐起来。”云尚宇用充满歉意的眼神看着她，轻声说，“对不起，我姐姐也喜欢玩塔罗牌，耳濡目染我也知道一些，所以帮你解释了，你不会介意吧？”

李敏干笑了两声，一边说着“不介意”，一边黯然地低下头去，重新把桌子上的塔罗牌打乱。

云尚宇推开椅子，站起身来，说：“你们继续，我去把蛋糕拿出来。”然后转身朝厨房走去。

看着他走进厨房，林芷夏握了握李敏的手，压低声音问：“小敏，你没事吧？”

“难道是天意吗？”李敏一遍又一遍地洗着手里的塔罗牌，神情非常郁闷，“居然在最后弄了一张那么差劲的牌，真是造化弄人啊！”

虽然坐在对面的两个女生刻意压低了声音说着悄悄话，可翟雨曜还是听到了些许内容，于是他放下手中盛着橙汁的玻璃杯，说道：“以这种方式结束你就应该偷笑了，幸亏是张坏牌，让尚宇有机会婉拒你的告白，不然等你说出‘我喜欢你’，他不得不坦诚拒绝的时候，你说不定会丢脸地哭着跑回家。尚宇这家伙也太温柔了，害我少看了一场好戏。”

“喂！翟雨曜，你到底有没有同情心啊？”李敏不悦地瞪他。

翟雨曜傲然地耸眉：“我的同情心不想浪费在你身上，反正你对尚宇的喜欢跟其他追着他跑的花痴一样，只是一种仰慕的感情。所谓的告白，也只不过是因为彼此发展成了朋友关系，误以为自己有机会可以和他进一步变成情侣而不经大脑的行为而已。”

“翟雨曜……”

林芷夏担心他过分的言论会让告白失败的李敏更加伤心难过，刚想出言制止，却被打断了。

“干吗？我又没有胡说。”他严肃地说，“真正的喜欢，根本不是只觉得对方有多好多完美从而产生的倾慕之情，而是能够细数出对方的各种缺点，并且能够无限包容对方缺点的情感。”

两个女生微张着嘴唇，讶异地看着他。

她们完全无法想象，这样的一番话竟然是从冷漠的翟雨曜口中说出来的。

而被他当面指出对云尚宇的感情根本不是真正的喜欢后，李敏思考了许久，也实在找不出什么话来反驳他。

尽管被翟雨曜无情地数落了一番，李敏郁闷了一阵，但是吃完生日蛋糕之后，她又兴致勃勃地提出一定要帮他占卜他的爱情运势。

四个人从餐厅转移到客厅。

“翟雨曜，你是阳历1月17日出生，是摩羯座。”

“占卜大师”李敏盘腿坐在地上，一边洗着手上的塔罗牌，一边上下打量了翟雨曜两遍，才一脸奇怪地说，“星象书上说摩羯座多疑、忧郁、孤独……可是你看起来一点都不像。我说你父母当时是不是谎报了你的生日，你应该是天蝎座才对吧。”

翟雨曜双手环抱在胸前，挑起眉问：“为什么？”

“因为你具备天蝎座的性格特征啊。”李敏认真地思考着，“比如极端、神经质、小心眼、死要面子……”

“你是想被扔进垃圾桶里面吗？”翟雨曜低沉的声音充满了凶狠的威胁意味。

李敏笑眯眯地调侃：“你看，小心眼的毛病又犯了吧！”

“闭嘴。”他有些恼羞成怒地伸出手，用手指敲了敲他面前的地板，

“你到底要不要占卜？要的话就快点发牌！”

“好啦，着什么急嘛。”李敏嘟囔了几句之后，把洗好的牌摊开在地板上，让他从中挑选五张，按照刚才占卜她恋情的牌型顺序摆放好，接着开始为他解说每张牌代表的意思。

当她翻开代表现在的牌时，她笑着看了看旁边的三人：“力量，代表翟雨曜已经有过大胆的行动，如果是爱情，两人应该早就有了突破，并将展开一段真正亲密的恋情。”

她的话让林芷夏不禁想起在医院的时候，翟雨曜抱着她向慕清宣告他不会把她让给慕清的那一幕，脸不自觉地变得滚烫起来。

绯红的色彩在她的脸上蔓延，令她的耳朵也火辣辣的，如同有几团火同时在她面前和耳边炙烤一样。

这种感觉仿若也会传染一般，翟雨曜的脸颊也染上了一层绯红。

他悄悄地看向林芷夏。

没想到她也在此时小心翼翼地抬头看着他。

两人的视线刚一碰上，便立刻不好意思地别开了脸。

这一切自然都落在李敏的眼里，于是她狡猾地笑起来：“最后，帮你们看看未来吧。“

见她把“帮翟雨曜看看未来”，改成了“帮你们看看未来”，两个人也没有出声反驳，于是李敏紧接着抓起最后一张纸牌。

“叮咚——”

就在此时，屋内响起的门铃声让几个人的注意力从最后一张塔罗牌上转移开来。

翟雨曜感到十分诧异，平时只有云尚宇踏足的屋子今天怎么会有人意外到访呢？于是他站起身，走到门后将门打开，在见到门外的人时，他不悦地皱眉沉声道："这里没人欢迎你，你来干吗？"

"我不是来找你的。"

门外响起一个清朗的声音，本来应该让人觉得温和舒适的，却不知道为何蒙上了一层冰冷。

熟悉的声音让林芷夏、云尚宇和李敏三人互相对视了一眼，随即同时站起身来，朝翟雨曜走了过去。

果然不出他们所料，门外站着的确实是慕清。

慕清看到林芷夏时，一把推开站在门口的翟雨曜，快步走了进来："芷夏，我是特意过来找你的。"

"喂，我又没请你进来，你干吗不请自入？"翟雨曜从他背后扯住他的肩膀，却被他甩开了。

慕清不顾众人防备的眼神，直接走在林芷夏的面前，握住她的双手，抱歉地说："芷夏，我自己一个人的时候想了好久，十分后悔那天对你做的事情。我今天过来，是特意向你道歉，希望你能够原谅我。"

"慕清，如果你是诚意跟我道歉，我会接受的。"

已经听林芷夏说过慕清在酒吧对她所做的一切的李敏，忍不住走上前去扯了扯她的衣袖。

林芷夏朝她摇了摇头，又回头继续对慕清说："我已经原谅你了，所以，你不需要把那件事情记在心里面，我们以后还是朋友。"

慕清听后，脸上的愁容一扫而光，他松了一口气，笑着说："太好了，你不知道我有多担心你会讨厌我呢。"

"说完了没有？"

翟雨曜将林芷夏拉到自己身后，用手指着慕清身后的门，不耐烦地说："说完就给我滚出去。"

然而慕清置若罔闻，视线越过翟雨曜的肩膀，用期待的眼神看着林芷夏："芷夏，我还有一个请求，我希望你今天能够陪我去祭拜我的父亲，我想让他见见你，让他知道我喜欢的是什么样的女孩。"

"慕清！"翟雨曜顿时变得暴怒起来，咬牙切齿地叫着他的名字，像是想将眼前这个讨厌的家伙撕裂一般。

站在他身后的林芷夏拍了拍他的肩膀，说："翟雨曜，让我自己跟慕清说吧。"

他转过头看了她一阵，才愤然地站到一旁，用警戒的眼神看着得意地看了他一眼的慕清。

"慕清。"林芷夏望着眼前满脸笑容的男生，叹了一口气，说道，"今天是翟雨曜的生日，我无法答应你的请求，所以你还是回去吧。"

笑容在慕清的脸上瞬间冻结，僵硬了几秒，他的眼里渐渐染上怒意："所以，在我和翟雨曜之间你选择了他吗？"

她犹豫了一会儿，点点头。

翟雨曜心里微热，随即朝慕清冷哼了一声："你听清楚了没有？芷夏不会跟你离开的，所以你自己一个人滚吧。"

慕清没有搭理他，皱眉不悦地问林芷夏："为什么？翟雨曜那样的男生，你以前明明不喜欢他，为什么现在却要站在他那边？"

面对他的质问，林芷夏心里原本朦朦胧胧的情感在转头与翟雨曜对视的一瞬间变得清明起来。

"没错，翟雨曜确实嘴巴很毒，做事又极端，还小心眼，爱计较，有仇必报……"说到这里她停顿了一下，然后话锋一转，"可是他心地善良，他愿意对素不相识的女同学伸出援手，愿意冒着雨为被遗弃的小猫撑伞，愿意协助尚宇将喝醉的你送去医院，他的种种行为证明他是一个心地坦荡善良的人。而慕清你，是所有人心目中完美的男生，可是仇恨蒙蔽了你的双眼，让你难辨是非。”

见慕清一脸惊诧，她诚挚地说：“不管如何，慕清你都是我的朋友。只要你有需要，我愿意给予帮助，可是那必须建立在你不是把我当成棋子去伤害翟雨曜的基础上。朋友之间是平等的，我用真心对你，也希望你能用真心待我，所以我不选择你的原因你明白了吗？”

屋子里极其安静。

阳光从窗户照射进来，在褐色的木制地板上留下一块大大的光斑。

灰尘在阳光中跳跃，如同舞动着的精灵。

林芷夏的话既是对慕清的劝诫，同时也向所有人坦白了她对翟雨曜的感情。

慕清原本是想来挑拨林芷夏和翟雨曜的关系，但是看现在的情况，他才意识到自己这一次闹场反而促使他们的关系更进一步了。

计策失败的他握紧了双拳，目光复杂地看着她。

屋子里静悄悄的，只能听见几人此起彼伏的呼吸声。

突然，慕清笑了。

他笑得很大声，仿佛听到或者看到什么十分有趣的事情一样。

林芷夏、翟雨曜、云尚宇和李敏不明所以地面面相觑。

屋子里久久回荡着这让人隐隐觉得不安的笑声。

云尚宇走上前去，和善地同他说道：“慕清，如果你听明白了芷夏的话，就请你离开吧。”

慕清止住了笑声，轻轻地瞟了他一眼，视线扫过李敏和林芷夏，最后落在翟雨曜的身上，微笑着说：“所有人都站在你那边，所以你很得意是不是？”

突然，他眯起双眼，眼里迸射出阴寒的光芒。

“你得意不了多久的，不信的话，我们走着瞧！”冷冷地撂下一句狠话，他转身推开门，头也不回地离开了。

凛冽的冷风吹了进来。

然而，被阳光笼罩的客厅内，洋溢着暧昧温热的气息。

翟雨曜朝林芷夏缓缓地走近，牵起她的手，让她的手背贴在自己的额头上。

“谢谢你，芷夏，谢谢你选择了我。”

林芷夏的脸微红，定定地看着他说：“我觉得我的选择是对的。”

话音刚落，她便跌入了一个温暖的怀抱。

那个怀抱的气息那么干净，那么温暖，四周似乎还有一股甜甜的味道，沁人心脾。

看着这一幕，云尚宇的眼里闪过一抹稍纵即逝的暗淡，他走上前去关上门，转头看向拥抱着的两人，露出了愉悦的笑容。

“哎呀，你们肉麻够了没有？”李敏佯装嫉妒地将他们拉开，随后挥了挥手中的塔罗牌，“虽然你们已经正式确定关系了，但是看看未来会怎么样也不要紧吧？”

林芷夏顿时觉得很不好意思，连忙推开翟雨曜，羞涩地朝李敏应了声：“嗯。”

李敏将代表翟雨曜和林芷夏未来恋情的塔罗牌翻开。

映入他们眼帘的是一张叫“命运”的塔罗牌。

懂得塔罗牌牌义的李敏和云尚宇不安地互相看了一眼，犹豫着该如何开口。

翟雨曜见她许久不出声，忍不住看向好友问：“喂，尚宇，这张牌到底在讲什么？”

“这张牌是倒吊者，倒吊者意味着牺牲，感情受阻，需要牺牲一方让另一方得到幸福的含义。”李敏抢先开口了，她的话让翟雨曜的脸色沉了下来。

云尚宇随即笑着补充：“幸亏是正位的倒吊者，正确的解释应该是浴火重生，代表虽然以后的路会有阻碍，但是这些阻碍会成为你们感情发展的催化剂。”

林芷夏不安地皱眉，她看着塔罗牌上倒吊在T字形树上的男人，突然想起慕清愤怒离去的背影，总觉得有些心慌意乱。

莫非事情没有那么顺利？

也对，毕竟是埋藏在心底那么多年的恨意，已经成为身体的一部分了，所以慕清不会因为她的几句话就善罢甘休的。

翟雨曜见她一脸忧心忡忡的模样，揽住她的肩膀安慰道：“你不需要那么担心，李敏和尚宇又不是专门的占卜师，占卜结果不一定灵验。再说了，就算发生了什么事情，我都在你身边，一定会好好保护你的。”

他笃定的神色仿若是英勇的骑士在许诺。

他的话让林芷夏十分感动，她抬头看着他微笑的时候，更加坚定了自己的心意——

翟雨曜，我也一定会在你身旁守护你的。

冬天昼短夜长，刚过了五点，天就渐渐暗了下来。

原本蔚蓝色的天空被晚霞染红，太阳将近地平线，而天空的另一边，能够看到月亮淡淡的轮廓。

翟雨曜的家在僻静的居民区，四周都是一栋栋两三层的复式建筑，不太宽敞的马路上偶尔有车经过，显得非常幽静。

跟李敏的妈妈约定好要回家吃饭的两个女生从翟雨曜家走了出来，两个男生尾随在后面，坚持要送她们到车站乘车。

刚走出小庭院，李敏便假装和云尚宇有话要说，拉着他的手臂快步走在前面，给已经确定了情侣关系的林芷夏和翟雨曜制造独处的机会。

走了一小段路之后，林芷夏身侧的翟雨曜大胆地牵起她冰冷的手，放进自己的口袋里，语气略带责备："天这么冷，为什么不多穿点？"

"有啊，我出门的时候特意带了围巾过来，就是怕回去的时候太冷，可以御寒。"

他瞧了她的脖子一眼，皱眉问："围巾呢？"

"啊！"她低呼了一声，不好意思地吐了吐舌头，"我把它落在你屋子里了。"

"你这脑袋里装的都是什么啊，这也能忘。"翟雨曜恶声恶气地用手指敲了一下她的额头，随后又好像有些不舍得似的，揉了揉刚才他敲过的地方，"我回去帮你拿，你在这里等我。"

说完，他松开与她牵着的手，转身跑了回去。

"嗯，好的。"林芷夏站在原地等待，估摸着他一个来回，再加上找围巾的时间，差不多要三四分钟。而走在前头的云尚宇和李敏已经绕过拐角看不见人影了，于是她掏出手机，拨通了李敏的号码，告诉她可能会迟一点才能追上他们。

电话那头的李敏促狭地回答："你们慢慢来也没有关系，反正我会在公交车站等你的。"

挂断电话之后，林芷夏靠在一旁的一棵树上，百无聊赖地踢着脚边的小石子。

翟雨曜很快便找到了那条围巾，他从屋子里面急匆匆地跑出来，还隔着一段距离便看到她正背靠着一棵树，来回轻轻地踢着腿。

华灯初上。

马路上的灯光给她的身上增添了一抹朦胧的美感。

他的嘴角勾起一抹淡淡的笑容，朝她走了过去。

突然，一束强烈的灯光朝他照射过来。

他本能地转头，刺目的灯光让他有一瞬间的眩晕，待到眼睛能够看清楚眼前的事物时，他便看见有一辆汽车正快速朝自己驶了过来。

透过那辆汽车的前窗，他可以清晰地看到坐在里面握紧了方向盘的人——就是下午从他家愤然离开的慕清！

幽静的街道。

汽车的引擎发出恐怖的声音，宛如是野兽在黑夜中愤怒的吼声。

慕清，不要犹豫！

杀了眼前这个人！

为自己的父亲报仇！

杀了眼前这个人，用他的鲜血来洗掉仇恨，来祭奠这几年来无数个辗转难眠的夜晚！

慕清的双手紧紧地抓着方向盘。

指节因为用力泛出青白的颜色。

被仇恨侵蚀的眼里，眼白似乎都变成了血红色。

此刻，那双怨怒的眼睛正死死地盯着站在路中央的翟雨曜。

终于，他下定了决心，脚上用力，死死地踩了一下油门，车子瞬间加速冲了过去！

然而，就在那千钧一发的时刻，一个白色的身影意外地闯入了他的视线。

电光火石之间，那个白色的身影奋力将翟雨曜一把推开。

被推倒的翟雨曜摔倒在马路边上，他回过头的时候，惊慌地大声叫道："芷夏，快躲开！"

芷夏……

林芷夏！

这个名字给了慕清狠狠一击！

是她坏了他的计划！

她在他和翟雨曜之间选择了翟雨曜。

如果她死了，肯定能够让翟雨曜痛苦一辈子，也就能够间接报复抢走妈妈，害死爸爸的那个人了！

这些念头在慕清的脑海里急速闪过，可是，接着他的眼前又闪过站在学校的顶楼上，在夜风的吹拂下衣袖翩飞的少女。

"我知道，故事里的男生以后肯定能过得比那些有钱人好，因为他勤奋温柔又热心，完美得让女生向往，让男生敬仰。"

那些话，在此时一字一句涌入他的耳中。

"不过，我只希望他能读懂一个词，那就是'因爱生恨'。只有同等分量的爱，才会引发这么沉重的恨……"

"而正是因爱生恨，所以，我相信男生肯定不舍得伤害自己爱过又恨过的人。"

夜色下，她朝他微笑。

那笑容如暖阳一般。

他清楚地记得，那是他自父亲死后，第一次感受到的温暖。

心脏蓦地重重跳了起来。

他抬脚松开油门，转而用力踩下了刹车。

“吱——”

尖锐的刹车声代替了引擎的怒吼声。

然而太迟了。

坐在车上的慕清感觉到一股强烈的撞击，惯性让他的身体猛烈地往前倾，安全带勒得心脏剧烈地疼痛了起来。

而被撞击力撞倒在地上的林芷夏脸色苍白地闭着双眼。

红色的液体从她的身下蔓延开来，染红了她白色的毛衣。

向来骄傲的翟雨曜似乎忘记了怎么走路，他跌跌撞撞地爬到她的身边，任由鲜血染上他的牛仔裤。

他不敢碰她，只能语无伦次地，不停地呼唤她的名字：“你怎么了？芷夏，芷夏，你醒一醒……”

周围见到这一幕的人围了上来，慌乱地拥挤着。

很快，发现不对劲的云尚宇拨开包围圈冲了进来，他慌张地颤抖着手，却仍强装镇定地拨打了求救电话。

而李敏则两腿发软地跪坐在地上，双手捂着嘴巴，不停地流泪。

慕清打开车门，如失了魂一般从车上摇摇晃晃地走了下来。

他站在倒在血泊中如同断翅的天使般的少女身边，弯下膝盖扑通一声跪了下来。

撑在地上的两只手碰触到了温热的液体。

他抬手看着满手的鲜血，这是他第二次感受到林芷夏的温暖。

可这是以害死了她为代价。

“慕清——”

翟雨曜愤怒地大吼一声，绕过少女瘫倒在血泊中的身体，举起拳头重重地落在慕清的脸上。

“砰！”

慕清被揍得趴在地上，嘴巴里溢出猩红的鲜血。

翟雨曜揪着他的衣领，咬牙切齿地说：“我要杀了你！”

唯一还保持着清醒头脑的云尚宇立刻上前阻拦他：“曜，冷静一点！”

“别拦着我！尚宇，让我杀了他！”

“现在是报仇的时候吗？”云尚宇推了他一把，指着气息微弱的林芷夏，“芷夏现在需要你，你却一心只想着报仇，你是傻瓜吗？现在最重要的是要留在芷夏身边，给她鼓励和力量，等待医生来挽救她的生命。”

翟雨曜攥紧了拳头，深吸了一口气，压抑住满腔的愤怒，重新回到林芷夏的身边。

他执起她的手放在自己的唇边。

“拜托你，一定要撑住。林芷夏，你不能就这样抛下我，你还没有跟我说，你喜欢我。”说到最后，他的声音哽咽了，“更重要的是，我还没有跟你说过我喜欢你……”

CHAPTER 12

第十二章

对于那些曾经伤害你的人，我会让他得到应有的惩罚窗外下起了雨。

冬天的雨带着彻骨的寒冷。

雨水打湿了屋外灰白色的墙壁，在屋顶汇聚的雨水如同细流，顺着屋檐缓缓地落在台阶上，又一丝一丝流入泥土里。

医院病房。

林芷夏静静地躺在病床上。

她的脸色苍白，没有一丝血色的嘴唇如同一张透明的纸片。她长长的睫毛在眼帘下方投射出一层淡淡的阴影，右手的手腕上扎着输液针，吊瓶里的液体顺着输液管静静地流进她的手腕。

病房内很安静，只能听见心电仪的声音。

嘀，嘀，嘀……

翟雨曜坐在病床边，他的双手紧紧地握住林芷夏的左手，眼睛盯着林芷夏苍白的脸。

突然，他感觉到掌心里的手指在微微抽动。

他立刻凝神看着她，低声呼喊：“芷夏，你醒了吗？”

她静静地呼吸着，睫毛颤了颤，却始终没有睁开双眼。

刚刚抽动了一下的手指，又没有了动静，仿佛刚才所发生的一切只是他做了一场梦而已。

嘀，嘀，嘀……

伴随着频率平稳的仪器声，翟雨曜闭上双眼，将她的手指放在自己的唇边，苦涩地笑着说：“三天了，你还不肯醒吗？我知道，你一定是太累了，所以想好好休息一下。没关系，我会在你身边陪着你。可是，希望你不要睡太久，不过你记住，我一直在等你。”

温热的泪珠从他的眼里流了出来，沿着脸颊落在林芷夏白皙的手上，她的手好像被开水烫了一般，再一次轻轻地动了一下。

“翟……”

沙哑的声音让翟雨曜顿时屏住了呼吸。

“翟雨曜……”

他猛地抬头看她。

只见林芷夏的嘴微微张开，眼睛吃力地睁开了，多天的沉睡令她的目光有些迷离。

待能看清楚周围的事物时，她才朝双眼通红，神色憔悴的翟雨曜勉强笑了笑。

“芷夏，你醒了！”

他的眼角还带着泪痕，他握紧她的手，激动地用嘴唇轻吻了几下。

“太好了，太好了……”他的声音仍微微颤抖着。

“嘴唇……”林芷夏的脸红了，被红晕悄悄覆盖的脸令她少了几分病弱的苍白，“好干哦。”

他放下她的手，一脸窘迫。

她费力地勾起嘴角：“谢谢你一直陪着我，我沉睡的时候，似乎一直听到你的声音，虽然听不清你在说什么。”

“傻瓜，我说过，我会一直陪在你身边的。”

他抬手拨了拨她额头上的刘海。

突然，他慌张地站起身，说道：“对了，我得去把医生找来，给你检查检查。”

她侧着脸，看他紧张地跑出病房的背影，脸上不禁露出一抹幸福的笑容。

“病人已经过了危险期，不过这段时间仍要小心照顾，若是恢复得好，两个星期内就可以回家休养了。”

听了医生的话，翟雨曜主动承担起照顾林芷夏的责任。

偶尔打打下手的李敏和云尚宇，看到翟雨曜照顾起林芷夏时细致认真的模样，不禁感慨爱情的魔力之大，竟然能让向来高傲自大对任何事情都不屑一顾的翟雨曜坚持每天做好三餐饭，亲自喂林芷夏吃。

这天下午，翟雨曜在李敏的指导下去图书馆借了许多林芷夏喜欢看的书。

在病床上躺了几天，嚷嚷着快发霉的女生此时正愉悦地靠在床头上，翻阅着手里的书籍，偶尔发出几声悦耳的笑，让坐在她旁边的翟雨曜忍不住微笑侧目。

“这书到底讲了什么，让你那么开心？”

他把削好切成块的苹果送到她的唇边。

她吃下一块，咀嚼了几下吞下去之后，才笑眯眯地说：“这书讲的是一个女生在国外留学的事情，她说外国人以为中国功夫就像武侠小说里的武功一样如同神技。有一次她被几个小混混搭讪，她把背包一甩，镇定地打了一套太极拳，对方就被吓跑了，你说有不有趣？”

他温柔地笑着点了点头，又拿起一块苹果。

她不好意思地接过，说：“翟雨曜，苹果洗后带皮吃也可以的。所以你不用那么麻烦，非要削掉皮切成块再给我啦，我没有那么高贵……”

“喂，芷夏。”他突然打断她。

“怎么了？我没说错话啊。”

“你叫我曜吧。”他皱着眉头，不太开心地抱怨道，“‘翟雨曜’听起来很生疏，一点都不像男朋友的称呼。”

她愣了一下，嘴唇微微动着，想要张口叫他的名字，脸上却变得滚烫起来，喉咙也发不出声音来。

见她一副脸红得要滴出血来的害羞模样，翟雨曜伸出手轻轻地揉了揉她细软的头发，促狭道："干吗害羞啊？尚宇都是这样叫我的，更何况是你。"

林芷夏不好意思地转过头，环视了几圈，才重新看向他。

半晌——

"曜。"

少女低低的，轻柔的声音如同一根羽毛般撩拨着男生的心脏。

从心底洋溢起的幸福感就仿若看到了春暖花开，闻到了空气中弥漫的清甜的香气一样。

于是，他勾起来嘴角，脸上绽放出一抹柔和的微笑。

那笑容，明亮得如同从树叶间静静洒落的阳光一般。

那笑容，灿烂得让人头晕目眩。

"喂，你说得太小声了，我听不见啊。"

骗人！

林芷夏在心里咬牙切齿地说，却还是应他的要求，稍稍大声了一些叫他的名字："曜。"

"再叫一遍吧。"

"曜。"

"你的声音怎么这么好听，害我还想再听一遍。"

"曜。"

"还想听。"

"曜……"

"还……"

她恼羞成怒地打断他："你够了……"

"没有"两个字还没有出口，她的嘴唇上便突然感觉到一个温热的物体。

软软的。

暖暖的。

她因为惊讶而瞪大了的眼睛，清楚地看到翟雨曜近在咫尺的双眼。

那双眼睛带着甜蜜的笑意，像黑色的宝石一般发出如星辰一样璀璨的光芒。

她的心脏似乎有一万只小鹿奔跑而过。

呼吸间，能闻到男生身上沐浴露的香气。

风轻轻地拂过，她脸侧黑色的发丝也轻轻地拂过他的脸。

窗户下，草木在风中摇晃着，发出沙沙的声音。

从窗外倾泻进来的日光柔软地落在他们的身上。

那景象宛如一副美丽圣洁的油画。

接下来的几天，风平浪静。

翟雨曜依旧悉心照顾着林芷夏。

期间，云尚宇和李敏也时常来看望她。

然而，让林芷夏心里一直放心不下的是从她醒过来之后，就一直没有见到慕清，甚至没有听到任何人提起过他。

这天下午，趁着病房内只有她和李敏，她忍不住偷偷地问好友："小敏，你告诉我，慕清怎么样了？"

坐在她床边的李敏静默了半晌，见她一脸"不知道真相绝不罢休"的表情，最后只能叹了一口气，说："那天围观的人报了警，警察到了之后，说他涉嫌故意伤人，就把他带走了。翟雨曜让我和尚宇不要插手这件事情，我估计他现在应该还在警察局里面接受调查吧。”

林芷夏皱起了眉头。

虽然慕清一开始确实心存歹意，但是她知道他后来突然醒悟了，已经踩了刹车。

如果她不帮他，他就会被判入狱坐牢吧。

他还那样年轻，他那样完美的人不应该就这样断送了前途。

思考了许久，她看着李敏，说：“你知道慕清在哪里吗？我想去看看他，我想去做证人，证明他撞到我只是无心之失……”

“不行！”

突然，病房的门被人推开。

翟雨曜从门外走了进来，皱眉道：“慕清的事情由我来解决就好了，你现在的身体不适合外出，要安心休养。”

林芷夏抿唇看着他，问：“曜，你会放过慕清吗？”

她用的是询问的语气，表情却是在说“你不会放过他的”。

他知道聪明如她，肯定知道他的想法，于是坦诚地说出了想法：“为什么要放过他？他想杀了我，他甚至差点害死你！”

一想到那天她倒在血泊中的模样，他的身体就开始微微颤抖起来，手指紧握成拳。

“正因为这样，我才要去看他。”林芷夏掀开洁白的被子，吃力地想从床上下来。

“你疯了吗？”翟雨曜冲上前去，按住她的肩膀，迫使她无法起身，并大声质问她，“你难道忘记是谁害你昏迷了几天，是谁害你躺在医院这么多天？你还想着去看他。”

林芷夏抬头看着他，一脸认真地说：“就是因为我没有忘记那天发生的事情才这样做。曜，他并不坏，在最后的关头，他踩了刹车……”

“可那已经来不及了，就算他知道自己错了，也太迟了。”翟雨曜冷冷地说。

林芷夏摇头：“曜，你看，我不是没事吗？”

“芷夏，我知道你很善良，可是你不应该把善良用在错的地方！”翟雨曜放开她，站起身固执地说，“总之，我要你一直留在我的身边，不会再给别人伤害你的机会！对于那些曾经伤害你的人，我会让他得到应有的惩罚！”

“曜……”

“不用再说了。”

他打断了她，并转身对李敏恶狠狠地警告：“要是芷夏带着伤乱跑，你就死定了！”

说完，他带着一身怒气离开了病房。

“哇！好过分，他居然威胁我！”

李敏在病房内埋怨了一会儿后，对林芷夏说：“芷夏，你就算了吧，翟雨曜看来是铁了心不让你见慕清了……”

话音未落，病房门又被打开了。

林芷夏以为翟雨曜回心转意，惊喜地抬头，却失望地发现走进来的是云尚宇。

“刚才在走廊上碰到一脸怒容的曜，我还在想发生了什么事情，原来是因为慕清吗？”

“尚宇，你可不可以带我去见慕清？”

云尚宇为难地摇了摇头：“芷夏，不是我不愿意帮你，而是我要顾及曜的感受。虽然这件事情你认为是正确的，必须做的，可是身为曜的朋友，我不能背叛他。”

“即使是他做错了？”

“他没有错。”

“怎么会没有错？”林芷夏皱着眉头说，“他恨慕清差点害死我，他以怨报怨，和慕清做了相同的事情，怎么能不算错呢？”

“我说他没有错是因为我了解他。”云尚宇的声音很温柔，如春天里融化冰雪的微风，“因为我知道，不管他现在做什么，那都是因为他爱你。你告诉我，这还能算是他做错了吗？”

他的话让平时大大咧咧的李敏都动容了，也加入了劝慰林芷夏的行列：“对啊，芷夏。你就乖乖地听翟雨曜的话好好养病，其他事情交给他去处理吧。”

即使心里有些松动，林芷夏仍是不肯松口：“我一定要救慕清。”

“其实，要救他也不难。”云尚宇笑得从容，两个女生闻言都用期待的眼神看着他。

“我先代你去和慕清谈谈，如果他有悔意，我们再好好劝劝曜。现在他正在气头上，说什么都没用。但正因为曜对你的重视，所以再过几天吧，过几天你晓之以理动之以情，也许他会答应也说不定。”

林芷夏这才放了心，感激地对他说：“尚宇，那就拜托你了。”

林芷夏住院的这两个星期，身体一直都恢复得不错。

这天。

医生为她做了全面的身体检查之后，便笑着告诉翟雨曜、云尚宇和李敏：“病人已经可以回家休养了，你们帮她收拾好东西，今天办好了出院手续就可以出院了。”

林芷夏听后，一脸兴奋地说：“太好了，每天都待在病房里面，差点闷坏了！”

“先不要高兴得太早。”医生笑眯眯地望着她，“虽然你腿上的石膏今天可以拆除，但近期内最好还是尽可能用轮椅代步。如果能按照我所说的去做，两个星期后应该就能完全恢复了。另外，两个星期后要记得回医院复查，之后才能去学校上课，到时候还要做物理治疗，每周一次。具体的事项我会让助理安排之后打一张表格给你们。”

“天啊！还有这么多事情要做啊！”她沮丧地说道。

坐在她身旁的翟雨曜搂了搂她的肩膀，安慰道：“不要紧，我会一直在你身边照顾你的。”

医生笑着点头，对翟雨曜说：“我现在要去其他病房巡视，你们帮她办理出院手续吧。”然后便领着两个护士离开了病房。

下午。

暖洋洋的日光洒落在褐色的桌面上，盛着开水的玻璃杯在浅金色的阳光下冒着丝丝热气。

“芷夏，你的东西我都帮你收拾好了。”翟雨曜把装得满满的一个旅行袋放在床边，将手伸到林芷夏的面前，示意她扶着他的手臂，再从床上下来，并嘱咐她道，“接下来两个星期你在家里休养，虽然每天放学后我都会去照顾你，但是我不在的时候，如果你有任何需要，记得一定要打电话给我。”

林芷夏将自己的手交到他的手心里，微笑着点头。

在午后阳光的照射下，美丽动人的少女甜甜笑着的模样有着香水百合般让人舒服的气息。

然而浅浅的微笑之后，她的表情稍变，有些困扰地皱眉看着他。

“怎么了？”他问。

“曜，我能不能拜托你一件事情？”她的内心忐忑不安，微张着唇犹豫了半晌，才说，“请你带我去警局帮慕清求情好吗？”

翟雨曜闻言，眼里的温柔微微消散，他的表情变得冷冽起来，他冷冷地说：“我不是说过了吗？我是不会放过慕清的，因为他害你在鬼门关绕了一圈，差点回不来。”见她一脸失望的表情，他叹了一口气，“芷夏，你不要怪我狠心。你知道吗？从你出事到现在，我每天都会梦到你倒在血泊中醒不过来。”

林芷夏用另一只手握住了他的手。

他的掌心在她的牵引下轻轻地触碰她的脸颊。

她侧着脸，轻轻地靠在他的手中，抬头看他：“可是我现在还活着，你瞧，这个温度难道还不能让你放心吗？”

在他的掌心下，她柔嫩光滑的脸颊是温热的。

翟雨曜的手在这温热的触感中止住了颤抖，但声音仍很冷硬：“即便如此，我还是无法答应你的请求。因为我真的很害怕你会再次出事，我无法拿你的性命去和慕清打赌。”

她摇了摇头，打断他：“我很感激你这么重视我，但是曜，慕清真的很可怜。”她叹了一口气，继续轻声地说道，“母亲抛弃了他，父亲死了，剩下他一个人孤零零的。虽然你也是这件事的受害者，可是你还有你妈妈留给你的财产，你还有云尚宇，而他什么都没有，所以只能用仇恨来支撑他活下去。小哲的事情，因为我的无能为力，最终只能让它成为我心里的痛。然而慕清这件事情，我是当事人，我可以原谅他。我想化解你们两人之间的仇恨，我希望让‘朋友’这个词代替‘仇恨’，帮他找到生活下去的新希望。”

见他想说话反驳，她不让他有开口的机会，继续柔声请求道：“前几天，尚宇已经替我见过慕清了，回来的时候说他因为差点害死我一直很愧疚很自责，所以他对警察说他是蓄意伤害我，要求按最重的处罚来惩罚他。只是警察在调查的时候，在现场发现有刹车的痕迹，认为他在关键时刻产生了悔意，因此迟迟无法下结论。如果这是一次打赌，那么面对深怀愧疚之意的慕清我们稳操胜券，为什么不尝试着双赢，非要让一方落败不可呢？”

我顿了顿，继续说：“曜，其实我可以背着你偷偷地去看他，去帮助他，可是我没有这样做，因为你是我的男朋友。当然你也可以不答应我，可是如果你不答应我，我一定会因为这件事情不安一辈子的。”

翟雨曜稍稍舒展眉头，嘴唇也没刚才抿得那么紧了，眼里的冰冷也跟着融化了一些。

“拜托你，让我见见他。”林芷夏再次恳求。

他定定地凝视着她。

她的头顶仿若有一道金色的光芒让他无法不动容。

“你都这么说了，我还能拒绝吗？”

林芷夏笑了，眼睛弯成了月牙状，闪现出耀眼的光芒。她的唇角往上微微勾起，双颊呈现出两个浅浅的梨涡。

日光倾城。

那一瞬间，冰山都能为之融化。

由于慕清的母亲是翟雨曜父亲的现任妻子，因此在翟雨曜答应让林芷夏去警局做证，提供慕清并非故意伤人的供词之后，云尚宇建议请翟雨曜的父亲来担保。

翟雨曜原本不愿意跟父亲接触，然而在大家的软磨硬泡之下，终于勉为其难地答应了。

第二天，因为儿子离家出走而一直想讨好儿子的翟雨曜的父亲一口答应了，立刻带着慕清的母亲前往警局，将慕清保释出来。

在接到翟父的电话之后，翟雨曜、林芷夏、云尚宇和李敏也一同前往警局去见慕清。

警察局外。

从出事后一直被关在警察局内，有好些天没有见到太阳的慕清失去了一贯的优雅从容，此时他整个人看上去十分憔悴。

踏出警察局的那一刻，冬日的阳光落入他因长时间没有好好睡觉而通红的眼睛里，一束束阳光如针般刺得他忍不住眯起双眼，并抬起手挡住了阳光。

待他适应了光线之后，便见到一个俊雅的男生站在他的面前。

“云尚宇？”

云尚宇并不多话，只是微笑着跟他说：“我们来接你回家。”

慕清满脸的惊讶之色：“你说‘我们’，难道是指……”

原本远远地站在一旁的翟雨曜不太高兴地“喂”了一声，走上来，不耐烦地问：“在这里磨蹭什么？难道还没待够吗？”

“翟雨曜，为什么你会在这里？”慕清看到他，神色一下子变得更加复杂了。

翟雨曜朝蔚蓝的天空翻了一个白眼，随后把手上的灰色外套扔给他：“真是的，以为把你弄出来就算完成任务了，没想到还要做送外套这种肉麻的事情，无聊死了！”

慕清的嘴微微张了张，声音有些沙哑：“谢……”

感谢的话还没有说完，立即被打断了。

“得了，省省你的口水。我也不是特意过来接你，只不过有人执意要过来，我只好陪她来罢了。”

说完，翟雨曜干脆利落地转了个身。

就在他转身的时候，慕清见到了站在不远处的林芷夏。

她在李敏的搀扶下静静地站着，见他的目光望向她，立即甜甜地冲他微笑。

乌黑的长发随意地披散在肩膀两侧，衬托得她的脸颊更显白皙。

水灵的眼睛因为笑而微微弯着，如同接近半圆的月牙，如宝石一样的光芒在她的眼中流转，让人移不开双目。

她笑起来的模样能让人想起许多美好的事物。

那笑容，似春天里一丝能融化冰雪的轻风；像夏天里咬一口便能凉得沁人心脾的冰激凌；若秋天里如同金黄色海洋的麦浪；如冬天里落在身上让人觉得温暖无比的阳光……

他以为他再也见不到她的笑容了。

可是……

现在，她就站在不远的地方，笑吟吟地看着他，仿佛之前他对她做过的那件事情只是一场梦而已。

芷夏。

他张开双唇，喉咙里却无法发出任何声音。

他只能在心里默念她的名字。

他做了那种十恶不赦的事情，她能够原谅他吗？

他往前走了两步，随后停在原地，怔怔地看着她。

或许，她是来告诉他，她以后都不想看到他吧。

他看着她，一脸犹豫。

仿佛知道他在想什么似的，林芷夏脸上的笑意更深了，并叫着他的名字："慕清。"

这声音如同教堂里神圣的钟声般令他的心灵得到了救赎。

慕清快步走到她的面前。

原本搀扶着林芷夏的李敏见状，放开了她的手，往一旁走开了两步。

"芷夏，对不起……如果不是我，你就不会在医院住这么长的时间，如果不是我，你就不用被病痛折磨……"

他的双手牵起她的手，眼睛发红，眼里氤氲着水雾，似要凝聚成泪珠夺眶而出一样。

他哽咽着说："还有，谢谢你，谢谢你原谅我……"

喉咙里宛若被棉花堵住了一般，只感觉到气流在喉咙里流过，却始终发不出声音。

突然，他伸手将她拥在怀里。

林芷夏微愣，随即感觉到有温热的泪珠落在她的发侧，湿润她黑色的发丝。

她用手轻轻地拍了拍他的后背，脸上勾起一抹微笑，同时柔声说道："都过去了，回家吧。"

但是此时，翟雨曜见眼前两人相拥的温馨场面，心里的醋坛子彻底打翻了，酸气夹杂着怒气让他立即冲上来用力将慕清拉开，并推了他的肩膀一把——

"喂！慕清，你少给我得寸进尺！芷夏是我的女朋友，你以后最好离她远一点，就算见了面，也得隔着至少五米的距离才能说话！要是你再接近她，我绝对不会轻易放过你！"

被推得往后踉跄了两步的慕清抬起头，安静地看着他。

良久，慕清才开口："翟雨曜，谢谢你。"

他说着，微笑了起来。

俊美的男生笑起来的时候，宛若是阳光下盛放的白色蔷薇。

他的眼角有一颗泪珠，在阳光下，如钻石一样璀璨。

翟雨曜记得眼前这个男生，以前见到他时，就算是笑也是虚伪的，带着利剑一样的仇恨。然而今天的笑容很干净很自然，仿佛所有的仇恨都如同冰雪般在这耀眼的阳光下消融得不见一丝踪迹。

冬天的风卷得地上的落叶扬起又落下。

风拂过翟雨曜的手臂时，他不适应地用双手搓了搓手臂，冷冷地说："拜托，鸡皮疙瘩都掉了好几层了！"

他别扭的话语让其他几个人都忍不住笑出声来。

EPILOGUE

尾声

所以接下来的日子，我要和你公平竞争

时光如水，悄悄地从指缝间流过。

春天很快便到来了。

街道上光秃秃的树枝开始冒出一点绿色。

春风中，浅绿的叶芽纷纷扬扬落下，如下了一场绿色的雪。

日子一天天过去。

枝干上的叶子长得飞快，很快大树上长满了茂密的树叶。

几丝阳光穿过树叶间的缝隙洒落，细小的尘埃在阳光中欢快地舞动。

一个难得的假期。

林芷夏、翟雨曜、慕清和云尚宇相约一同前往A市看樱花，而李敏因为要陪母亲去探望一个亲友，只能遗憾地缺席这次游玩。

入春的季节，清凉的微风在山丘上轻轻地吹动着。

漫山遍野的樱花树。

开满枝头，延绵不绝的樱花宛如是天空中洁净的云朵，又仿佛是一片粉色的海洋。

樱花树下，四个人并排坐着。

无数的樱花花瓣翩然飘落，有些落在绿色的草地上，有些落在他们的头顶上，有些落在他们身侧……

“秒速五厘米是樱花飘落的速度。”林芷夏俏皮地晃着马尾辫，对三个男生说道，“人家说樱花的一生是轰轰烈烈的，在枝头绽放，只是为了这几秒钟的落下。落英缤纷，给人美的享受，就是它们的使命。所以，我真的很佩服它们，可以这么精彩地活着。”

盘腿坐在她右侧的慕清抬手接过一片花瓣，拉过她的手，放在她柔软的手心中，优雅地笑着说："没错，人生最重要的是精彩，并且要做自己想做的觉得对的事情。"

随后，他看向坐在林芷夏另一边，用充满敌意的眼神看着他的翟雨曜，说："这段时间，我仍是无法放下芷夏，所以翟雨曜，虽然我欠了你的人情，但是我绝对不会轻易放弃芷夏的。"他脸上的笑意加深，诚挚地说，"不过你不用担心，这次我不是为了报复你，而是真心地爱着芷夏。既然是爱，那么是绝对不可以转让的，所以接下来的日子，我要和你公平竞争，请你多多指教哦！"

翟雨曜的嘴角因为不满而微微抽动了两下，刚要开口说话，却听见身旁传来一个幽幽的声音："既然慕清都这样说了，那么我是不是也该表明立场呢？因为是朋友喜欢的人，所以才一直把感情埋藏在心里。而这一次，已经无法再隐瞒下去，是该勇敢一次……"

"宇，不许再说下去了！"云尚宇被翟雨曜用力推了一把，倒在了草地上。

而向来温柔的云尚宇这次竟然毫不退让，坐起身来之后，和翟雨曜扭打成了一团。

鹬蚌相争，渔翁得利。

慕清趁着这个大好的机会，凑到林芷夏的耳边，用充满磁性的声音说："你瞧，爱情就是自私的，就算是再好的朋友也不能分享，不能退让。翟雨曜那样不稳重的家伙，你还是放弃，选我吧。"

林芷夏转头看着他。

只见他一脸暧昧的笑容，眼里似有波光流转。

一瞬间，她的脸就变得通红。

她忐忑不安地看着还在争斗的翟雨曜和云尚宇，再瞧瞧身旁的慕清。尽管她的心里十分不知所措，甜蜜的感觉却从心脏蔓延至四肢百骸。

她闭上双眼，轻轻地呼吸。

空气中弥漫着樱花的清香。

淡淡的，让人心醉。

在这阵清香中，她的脑海中如同播放电影一般，回忆起从去年夏天到今天的所有美好的记忆，嘴角忍不住勾起一抹幸福的笑。

灿金色的阳光笼罩着整片樱花海。

蔚蓝的天空。

洁白的云朵。

翠绿色的柔软的草地。

还有那些属于少女与少男们水晶般美好璀璨的故事，都将在这片漫天飞舞的樱花雨中画下最完美的句点。

米米拉
校园爱情女王 米米拉强势归来
《绝对甜心》九月来袭！
不要以为骑着马没事在马路上溜达溜达的就叫贵族。
不要以为开着兰博基尼在你身边呼啸而过的就是贵族。
胡闹闹就是贵族，胡闹闹却不是“贵族”。
胡闹闹版贵族特征1：
爱好打抱不平，拔刀相助。
当身边的朋友或是陌生人处于被恶人欺负的境地，大可不用担心，有我胡闹闹在场，我绝对不允许恶人得逞，管你是七斤八两，先把你打到低头认错再说！
胡闹闹版贵族特征2：
不爱豪宅名车，就爱摆地摊。
偏偏不喜欢住华丽的别墅，就是爱和死党挤在简陋的小房子里。最开心的事是能和死党每天晚上扛着大包小包的商品在繁华的夜市中叫卖。我是胡闹闹，我绝对是自食其力！
胡闹闹版贵族特征3：
不爱名牌首饰，擅长空手道。
从来不喜欢佩戴任何饰品，那绝对是累赘！况且，在打架的时候万一伤到自己怎么办？胡闹闹就是爱打架嘛！想打赢我吗？先将空手道练到炉火纯青的地步吧！
绝对甜心
MY HONEY
校园爱情女王
米米拉 著
MIMILA ZHU
内容简介
有别墅不住，偏住旧房子；有私家车不坐，偏搭公交车；有豪华生活不过，偏爱去打工。胡闹闹绝对没疯，她只是喜欢自由自在。
可她的哥哥东方景盯人太紧，她只能进入贵族学院，才不会被公开豪门千金的身份。然而一切在遇到新堂一后都乱了，为高额报酬成了他的助理兼保镖就算了，竟还要做他的女朋友。碰到这种浑蛋，胡闹闹的反应就是揍他，用力揍他，狠狠揍他！可为什么在斗智斗勇的日子里，却发现他很可爱？还有东方景，变得越来越奇怪，甚至在暴怒下吻了她？天哪，这是怎么回事？他可是从小到大对她既冷淡又严格的哥哥啊！而此时她的真实身份也被新堂一发现……
绝对乌龙大作战，甜心教主要恋爱，打破一切身份与禁忌，教你在混乱中寻找到绝对的恋人。
没事打打小架 无聊当当贵族
甜心教主要恋爱，绝对乌龙大作战
打破一切身份与禁忌，教你在最混乱中寻找到绝对的恋人！
更多新书内容，关注新浪微博：@Merry米米拉

X——魔王·西塞

他是一个极其张扬却又异常低调的人。在这个学院里，大多数人讨厌他、畏惧他，只有很少的人喜欢他。但是只要你喜欢上他就会喜欢到无法自拔。畏惧他的人都极端信任他，而讨厌他的人也会不可避免地认可他。他有一个梦想，这个梦想驱使着他去挑战一切。

他就是_____骑士学院第一大骑士。以《女王·_________》之名开始他的征途！

GG/Z——高宫朱雀

他是，正统贵族世家的长子；他是，背负着家族重任的男生；他是，一个很优秀同时也很骄傲的男人。他，内心深处有着细腻的感情，深爱着宫城瑶，也一直保护着云雀。他是，被魔王西塞认可的第一骑士！

他就是_____骑士学院第一大骑士。以《女王·_________》扭转他的使命！

QX/Q——剑客·秋千寻

他是一个集各种矛盾于一身的家伙。他原本无心于“女王游戏”，但是因为一个关系到尊严的事件，而被激发了斗志，并在此过程中成为了西塞的伙伴。他，在莫名其妙的原因下，被公主任命成为了第一骑士。

他就是_____骑士学院第一大骑士。以《女王·_________》完成命运的游戏！

行动代码：

007的秘密“潜伏”

行动内容：

月黑风高，007悄然登场！这一周来，妮殿下连续召开了几次A+级机密会议！007竖起千里耳，也只在墙角听到“最佳告白”几个字。刚刚007看到丹青哥哥拿着文件交给妮殿下了。哇！难道是“天国”书系又有什么大新闻了？

好，我们行动了！

如果天国也曾悲伤

小妮子 著

XIAONIZI ZHU

IF THE PARADISE WAS ALSO SAD

“潜伏”的秘密④

“潜伏”现场

呼……赶在公司晚上锁门之前，007溜进了妮殿下工作室里。哈哈！这回所有的秘密都可以一网打尽了。

糟糕，007拿着文件，还没来得及藏到妮殿下巨大的桌子下面，就被保安大叔发现了……

007：（一脸冷汗）大，大叔，我可不是小偷，我是来帮小妮子拿文件的！

保安大叔：（一脸严肃）哦！是007啊，桌子上的文件是小妮子留给你的呢。

007：（一头雾水）啊？大，大叔，你认识我？你还知道这文件是留给我的？

保安大叔：（神秘地笑）当然啦，哈哈……因为小妮子已经交待过，你晚上会来替她拿文件的。

呃，妮殿下！你怎么可以这样嘛……

“潜伏”结论

全宇宙的妮迷们：

“音”火虫万人告白旅行书将于11月1日盛大谢幕啦！我们将在一周内，在官方论坛与微博同步举办**“终极告白”**评选活动，让所有的妮粉们亲自票选出全宇宙最感人的**“殿堂级告白”**。

编辑们会把每周选取的“最佳告白”分别编号上传到论坛，妮粉们只需要在这些“最佳告白”里票选出最打动你的告白，并附上感动理由，**就有机会获得连火星人都垂涎三尺的华丽大礼哟！**

想知道更多“天国”系列的消息，那就期待**“潜伏的秘密⑤”**吧！

IF THE PARADISE WAS ALSO SAD

摄影/后期 kimiko尚洁

来吧！天国礼物总动员！

——《如果天国也曾悲伤》书中礼物任你挑

NO.1 国外寄来的巧克力

心动指数：★★☆☆☆

外貌： 巧克力精致的浅金色包装上有一大排密密麻麻的英文。

解说： 传说是千夏神秘的朋友从国外寄来的巧克力，最后都送到了叶希雅的手里。

NO.2 普通的巧克力

心动指数：★★☆☆☆

外貌： 包装精美的巧克力。

解说： 叶希雅跑到天台哭泣，原澈野随手扔给她一块巧克力，两人的关系开始缓和。

NO.3 彩虹杯

心动指数：★★★☆☆

外貌： 白色杯身环绕着七个不同颜色的圈，像一道彩虹，白色杯盖上面有一朵漂亮的花。

解说： 杯盖上的百日草代表的是天长地久的友谊，是希雅与千夏友情的见证！

NO.4 “海之祝福”蛋糕

心动指数：★★★★☆

外貌： 淡蓝色的奶油打底，上面是一个白色奶油的桃心，桃心上有一块花朵状的粉色巧克力，上面有一只很精致的奶油海豚正衔着一枚戒指。

解说： 原澈野亲手制作的蛋糕，而且蛋糕背后有神秘的传说！

NO.5 蝴蝶发卡

心动指数：★★★★★

外貌： 金属色的蝴蝶翅膀上镶了许多漂亮的水晶钻，在阳光下发出璀璨的光芒。

解说： 澈野送给叶希雅的礼物，蝴蝶发卡是和另外一个礼物一起送的，很有深意。

NO.6 维纳斯之心

心动指数：★★★★★★★

外貌： 心形的盒子中央，安静地躺着一枚樱桃，在灯光的照耀下折射出迷人又高贵的光芒。

解说： 许翼临走前送给希雅的限量版樱桃项链，寓意着希雅是他最珍贵的人。

NO.7 录音笔

心动指数：★★★★★★★★★★

外貌： 一黑一白两支录音笔。

解说： 情人节的时候，许翼和叶希雅送给彼此的礼物。因为录音笔背后有最重要的秘密，所以心动指数10颗星！

如果金发帅气的澈野和阳光灿烂的许翼要送你一个告白礼物，你希望是什么呢？

这些礼物背后的秘密和寓意，你想知道吗？

那，就不间断关注我们的《如果天国也曾悲伤》吧！

艾可乐
少女的爱情小巫师
这个月野兔，不是你想的那个月野兔。
她是，与美少女战士同名的锅盖刘海、存在感超级微弱的少女——月野兔。
这个小白菜，可不是餐桌上的美味小蔬菜。
她是，热爱科学的技术型、天才型“宅女”——白小菜。
这个夏冰雪，可不是名字相似度高达80%的美少女作者夏雪缘的小妹妹。
她是，头脑简单的神经质少女——夏冰雪。
艾可乐“哟”系列
神秘事件大分辨——谁是最浪漫“幸运女神”
月野兔 当收到一份神秘藏宝图却最终收获一份“惊喜”宝藏；
当被某人带着活鸡活鸭金条银首饰之类的，说那种根本听不懂的文言文求婚；当一碗好心奉上的麻油猪血换来了让人心惊胆战的温柔目光……
白小菜 当为了吸引狗而特别研制的狗薄荷香水，引来的东西却是两米高的白色巨狼；
当在控制狗的香水在原材料的选择上就出现了方向性错误，让人目瞪口呆的情形也即将出现；
当在莫名争执后被迫必须接受24小时人类调查所的保护，是保护还是监视啊，或者会有危险随时降临？
夏冰雪 当被男友甩掉本该悲痛欲绝，却意外遇到了一个会变冰激凌骑企鹅的神秘男生；
当被男生安排参加化装舞会，却离奇地被化出一个“冰冻僵尸”妆；
当浪漫的星空约会却引发了秘籍恐惧症；
当本该让心情愉快的冰激凌居然是让人“毁容”的麻辣口味……
三个女生各种不同遭遇，各种窘况频发，意外迭起……好在所有事件都会有一个让人期待的结局。究竟谁会是收获幸福的最幸运的女生呢？
不如交给各位可乐迷来评判吧。
《真的是王子哟》《真的是狼人哟》《真的是雪人哟》中，将你认为最幸运的女生的名字告诉我们，并说明原因，也许，你会收到特别的惊喜哦！
当爆笑到达了极致，当浪漫来到了顶点，当恶搞进行到巅峰……我们会得到什么？
爱情小魔女艾可乐所铸造的史诗级恋爱巨作
“哟”系列《真的是王子哟》《真的是狼人哟》
《真的是雪人哟》只有你想不到的精彩，没有“哟”不了的剧情！

博客族
妮时代
NITIMES
开启青春文学偶像时代
小妮子
主编
2012
每月1号上市
6.00RMB/期
大策划：
请携带好您的《妮时代》，做好登船准备！
经《妮时代》众编辑大人商议，我们将成立新居住星球考察班奔赴神秘庄园。

新居住星球考察班选举大会第二轮正式开始！

（本次选举分四次举行，选举结果由三方共同投票决定，候选人为全体魅丽优品作者）

一、由读者投票投票决定（新浪微博、官方论坛、来信支持三种方式进行）。占结果50%。
二、由魅丽优品全体明星作者投票决定。占结果30%。
三、由《妮时代》杂志编辑部全员投票决定。占结果20%。

选举三方依次按照选举比例统计出最终结果。如果你所选择的名单和最终结果一样，你将获得选举名单上**六位作者签名+魅丽优品独家设计“新居住星球考察班珍贵船票”**！更有机会和考察班一起登上飞船！

【本次活动时间：即日起至2012年12月24日】

选举卡B

学习委员：______________

生活委员：______________

你的姓名：______________ 联系QQ：__________

[请填上你选择的候选人名字，将此卡寄给我们，参与全民大投票！]
本轮候选人提名：米米拉、夏雪缘、安晴、希雅、宅小花、喵哆哆
（每位候选人只能担任一个职务）

此选举卡共有4张，分别为选举卡A、B、C、D。集齐4张寄回给我们，无论结果是否和最终结果一样，都可获得六位作者其中任意一位作者的签名明信片。其余卡片请在魅丽优品其他图书书后广告中寻找。

来信请寄：
湖南长沙黄兴北路89号上城金都南栋
21楼魅丽优品市场部 收
邮编：410005
（请在信封上注明“新居住星球考察班选举活动”字样。）

公告

国有国法，家有家规。
探索飞船，仅限八人。
班子选举，公平公正。
能者胜任，争当光荣。

【本次活动最终解释权归魅丽优品所有】

NI TIMES

“逆光”系列
逆光 BACKLIGHTING DAWN 破晓
在天空一角，撕开一条明亮；
海平面画出一道，属于我新的符号……
“逆光”系列冲破自我，魅力升级；在“破晓”的一道光芒下，即将开启更为无限的精彩……
而你在默默等待，期待更为精彩的起航：
用你最为忠实的守候，赢取无比惊喜的珍藏！
年轻可以盛载全部的快乐，亦可能遇见所有的悲伤。让我们把烦恼留给昨夜，盛开一路亮丽的花季。
在你给予的幸福里，让我重新看见希望的光，相爱之处，《逆光·破晓》，永无黑夜……
购买《逆光·破晓》，为这些优美的“逆光解语”填上相应的作者和作品名称，寄回魅丽优品。
即有可能收获美少年主编慕夏亲笔签名送上的礼品一份。
那个人曾停留了一整个夏天，像一道阳光明媚了整片天空，永远留在记忆里。
——慕夏最新力作《　　　　　》
别错乱，美男环绕，各种谜团接踵而来，穿越也是体力活！
——作者：　　　　《四时花开》
绝美番外，再见，那些爱过的人，爱过的每个青春的瞬间。
——叛逆校园偶像叶冰伦《　　　　　》
那些所期待的，所希冀的，会不会实现，还是最终变成一场只有自己一个人的回忆？
——作者：　　　　《100天恋爱计划》
是选择我不可能爱你，还是选择我只想爱你的青涩浪漫的初恋故事。
——新生代浪漫派作者花舞陌轩《　　　　　》
打破时间线，回到过去，究竟能否改变未来？
——青春校园作者轻寒《　　　　　》
○回信请寄：湖南省长沙市开福区黄兴北路上城金都南栋21楼魅丽优品　逆光栏目组

艾可乐
少女的爱情小巫师
颠覆灰姑娘：平凡少女——缘分奇遇！
如果你是一个生活在凡尘的普通女孩，
如果你想偶遇一段浪漫的爱情，
如果你想交上一个耀眼的男友，
如果你想有一个甜蜜的归宿，
那么你是不是应该——变美变靓变强大！
可……偏偏你是：
满脸雀斑小丑陋；脾气暴躁小抓狂；
外表粗糙男人婆；热爱幻想小自卑。
却幸运得到一个帅气、强大、闪耀的“白马王子”！
是浪漫的恋爱、欢乐的打闹、甜蜜的约会，还是加入激烈的男友争夺战？
答案是：不！
于是，魔法契约史上第一章大乱斗正式拉开帷幕！
《世界第一王子殿》
永远不要期待白马王子，因为王子可能并不是王子，白马也可能并非一匹马。

C A O M E I D U O
草莓多
梦幻校园作者
『梦幻屋檐下』白金主题书系列——
2012年梦幻校园作者草莓多最新版小魔女成长记——
《爱在花藤下》
他是正太美少年，
长相完美的萌系学弟。
古老豪宅里的主人，
腹黑BOSS的代表！
明明是绝对养眼的美男啊，
可是，怎会有着恶魔般的心？
他是名字是……花藤！
他到底是谁？！
草莓多最新作《爱在花藤下》男主角大猜想！
——活动详情——
根据上面的描述，搜索你无穷的回忆。
或是展开你天马行空的想象。
有没有那样一个片段是那么的熟悉？
有没有那样一个身影是那么的贴切？
将所想到的男主角人选告诉我们，
可以是哪部电影的主角或是哪部漫画的主角，
甚至可以是你身边所熟悉的朋友。
再加上你自己的描述文字。
如果你的描述和《爱在花藤下》里的花藤少年那么相似，
恭喜你，我们会将草莓多签名版的新书送给你。
名额有限，先到先得哦。
参与方式1：
来信请寄：
湖南长沙黄兴北路
89号上城金都北栋
21楼魅丽优品
草莓多（收）
邮政编码：410005
爱在花藤下
LOVE UNDER THE FLOWER CANE
参与方式2：
新浪微博发布微博，格式如下：
#爱在花藤下#（自己的想法）@Merry草莓多
这是一部励志的爱情喜剧！也是一部神秘的成长秘籍。

默念微凉
当时光绽放成花火
再见，小时候

恋世纪 LOVE Period

美丽少女・偶像新人
月颜夕

我们参加“一起结婚吧”明星偶像节目！
我们假扮夫妻……
我们打情骂俏……
我们相互表白……

闪亮美男・超级偶像
石在信

如果你以为我们是完美情侣……
如果你以为我们是天生一对……
如果你要给我们祝福……

停！

月颜夕： 这个家伙嘴巴恶毒，个性恶劣，除了脸好看根本一无是处嘛……
石在信： 喂，你这个该死的花痴丫头，见到我的时候可不可以把口水擦一擦啊……

♡♡♡♡♡♡♡♡♡♡♡♡♡♡♡♡♡♡♡♡♡♡♡♡♡

因为一次口误而迎来了绯闻危机！
一场看上去异常甜蜜，却心不甘情不愿的恋爱演绎；
两个完美偶像斗智斗勇的爆笑喜剧；
没有比这更难得的娱乐圈爱情传奇了！

最后究竟谁胜谁负？
魅丽优品力捧新晋作者——
七日晴　首部少女蜜爱之作
《恋爱达成100天》
为你揭秘最终的缘分归宿！

《恋爱达成100天》

「偶像新人月颜夕因为在采访时口误，而令所有人认为她喜欢上了超级偶像石在信，在经理人和学长的逼迫下，她不得不与石在信一起参加一档名叫「一起结婚吧」的明星节目。在节目中她不得不和自己非常讨厌的石在信假扮夫妻，而在这过程中，两个人斗智斗勇、打击对方，看似关系无比恶劣，却在不知不觉中互相了解、互相关注，最后两个人认识到了彼此的善良和美好，在矛盾中擦出了爱的火花。

然而，石在信的粉丝却并不接受月颜夕，并且对其进行了攻击，石在信为了保护月颜夕黯然离去，可是月颜夕并没有放弃两个人之间的爱情……」

米米拉

《变装小姐真心殿》&《哥特王子桃心殿》

二零一二年，续写米米拉百万畅销传奇！

校园爱情女王

她来了！

青春校园纯爱女王米米拉，
继新恋人三部曲之后，
携新作再起风云，
万人瞩目“心Party”！

看惯了丑女励志变美女的一贯套路？
有没有看过美女为了极品帅哥变装丑女无敌？

变装测试：

如果要选择一样道具变装自己，第一直觉你会选择哪种？

A 假牙套
B 花色床单
C 一张报纸
D 彩色画笔

跨时代的鬼马少女　不可思议的恋爱之路

直觉测试：

如果有一天，画中的美男居然动了！
他，慢慢地从画中走到你面前，你觉得他会跟你说什么呢？

A “请问，这是哪里？”
B “我终于找到你了。”
C “喂！你给我站住，跑什么跑！”

说出你的答案和理由

你将有可能获得米米拉忠粉独享礼物！

参与方式一：
新浪微博@Merry米米拉

参与方式二：
来信请寄至
湖南长沙市黄兴北路89号上城金都南栋21楼
魅丽优品 西小洛（收）410005

蜜糖姐妹帮：
《甩掉我的玻璃王子》
《魔女不是猫》
《魔王出没请注意》
《怪盗殿下的小女巫》
拒绝平淡，
给我蜜糖！
蜜糖姐妹帮
甜蜜来袭！
史上最甜蜜阵容强势登陆！
为无味的生活加点料吧！
给你蜜糖，还我笑容！
甜蜜挑逗，爱恋无限！
霸道无罪，甜蜜有理！

"LUCKY 25，幸运归属你"

——魅丽优品8周年感恩回馈特典

青 春 源 自 魅 丽 ， 梦 想 成 就 优 品 ！

不知不觉，魅丽优品和你们在一起8年了！

8年的时间，足够让青嫩的树苗长成挺拔的绿树，足够让恋巢的小鸟有勇气征服天空，也足够让一个个可爱的小女生成长为魅力四射的淑女……

一直以来，我们以出版亚洲最棒的青春图书为目的，以传播爱、梦想、希望和勇气为宗旨，可是没有你们的陪伴和支持，也就没有今天8周岁的魅丽优品！

因此，魅丽优品8周年感恩回馈特典隆重登场，将以最实惠的行动回馈你们，特别推出——

"LUCKY 25，幸运归属你"活动！

活动内容：

以下25种隐藏了超级幸运属性的魅丽优品书籍，是为纪念魅丽优品8周年特别精选出来的，被称为"LUCKY 25"！只要你购买了"LUCKY 25"书单内的书籍，魅丽优品8周年感恩特典送出的超级幸运大奖就有可能归属于你哦！

LUCKY 25 书单

书名	作者
《那年，流光未至》	叶冰伦
《棒棒糖嘻游济》	棒棒糖
《超时空乐迷团》	西小洛
《花美男宿舍骚动事件③》	FAN小妖
《南法寄出》	贺军翔
《逆光•咫尺》	慕夏 主编
《巧克力！变身》	巧乐吱
《请小心，爱的魔怪》	凉桃
《我的二号花美男》	逍遥叹
《仙后座恋爱预告②》	喵哆哆
《嘘！说出你的愿望吧》	草莓多
《叮！这是你的愿望啊》	草莓多
《玛雅1号宠物店•芭比恋人》	猪小萌

书名	作者
《玛雅1号宠物店•九尾狐恋人》	猪小萌
《女声蜜乐团》	FAN小妖
《永不永不说再见》	桃多啦
《爱如初雪降临》	安晴
《别吃我，狐狸帅男友》	凉桃
《甜甜向上》	莎乐美
《星光下的双生殇》	叶冰伦
《一不小心赖上你》	希雅
《我的男友是只猪》	西小洛
《暗王子联盟之天使降临》	极光
《爱的交换蜜语》	喵哆哆
《梨涡少女糖衣恋》	西小洛

活动方式：

方式一：

集齐以上25本幸运书籍中任意5本（可≥5本）的腰封，将它们寄回：湖南长沙开福区黄兴北路89号上城金都南栋21楼魅丽优品市场部　邮编410005；

信封上记得写上你的联系方式和姓名哦！

方式二：

登录新浪微博，拍下以上25本幸运书籍中任意10本（可≥10本）的书籍合影，写出你对魅丽优品8周年纪念的祝福，并且@魅丽优品！

活动奖品：

任选以上一种方式参与，即可百分百获得魅丽优品8周年感恩回馈礼包一份！包括但不限于人气作者签名的大海报、精美笔记本、书签以及更多神秘礼物哦！

我们还会从活动参与者中公选出3名超级幸运读者，每人可以获得价值超过200元的魅丽优品8周年感恩回馈特别大礼包一份！奖品有多丰厚，拿到才知道哦！

活动时间：2012年9月1日——2013年1月1日

魅丽优品十大经典

TOP1：永恒典藏

小妮子“天国”系列《来自天国的交换日记》《我在天国遇见你》《如果天国也曾悲伤》（未上市）

TOP2：蔷薇记忆

小妮子《蔷薇的第七夜》Ⅰ Ⅱ Ⅲ，《二十一夜·蔷薇之双生花篇》《二十一夜·蔷薇之狼篇》《二十一夜·蔷薇之花田篇》

TOP3：爱的校园

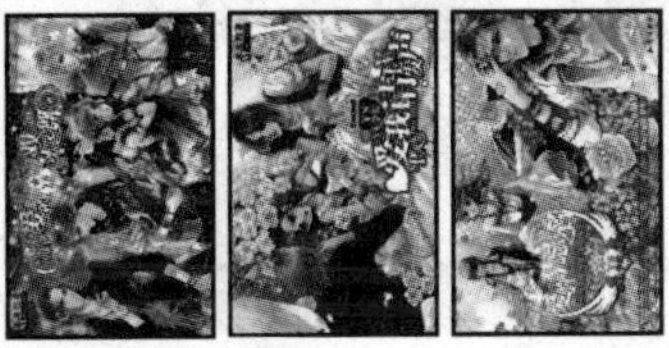

米米拉“YS学院”系列《爱我请发声》《爱的禁忌之名》《爱的双人舞》

TOP4：酸甜苦辣

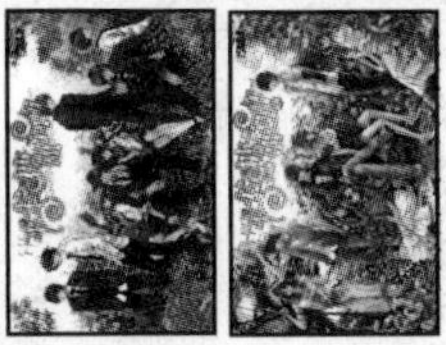

暮夏《半粒糖，甜到伤》①②，“逆光”系列

TOP5：那个家伙

米米拉“恋人”系列《恋人袖珍号》《恋人魔法行》《恋人交换生》《恋人血族馆》《恋人超有型》《恋人大魔丸》

TOP6：华丽人生

艾可乐《刹那的华丽血族之契约新娘》《刹那的华丽血族之红缨传说》《刹那的华丽血族之绯梦奇缘》《刹那的华丽血族之红莲王朝》

TOP7：泪光刹那

小妮子《樱空之雪》①②，《月光之绊》①②

TOP8：星光家族

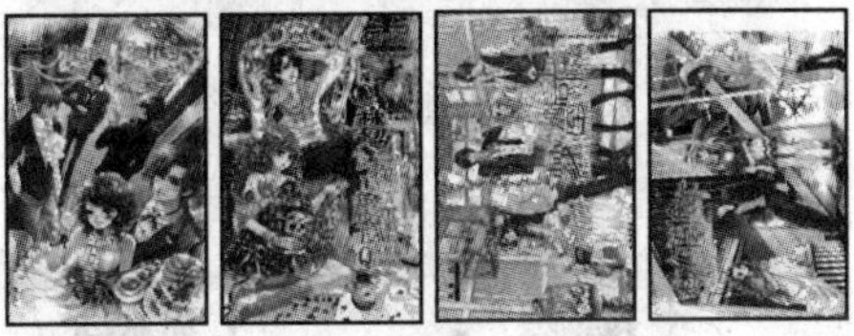

魅丽星家族“梦幻屋檐下”系列《梦幻屋檐下》《梦幻屋檐下·俊树篇》《梦幻屋檐下·艾哲篇》《梦幻屋檐下·庆熙篇》《爱在花藤下》

TOP9：我的成长

叶冰伦《逆蝶》《千鸟》《琴音》《线偶》《我们就这样》《浅浅》《还能孩子多久》《寂寞刚好半分熟》

TOP10：我的现在

小妮子“女王”系列：《女王·再见黑天鹅》《女王·极地红蔷薇》（8月底上市）《女王·樱花雪王子》（2012年上市）《女王·女王》（2013年上市）

第三季度“最魅丽！”

推荐1

推荐2

推荐3

推荐4

推荐5

推荐6

推荐7

推荐8

推荐9

推荐10

- 推荐1：花漾明星恋人——米米拉
- 推荐2：半粒糖，甜到伤②——慕夏
- 推荐3：拜见死神大人——艾可乐
- 推荐4：青春是一纸微忧的遗书——叶冰伦
- 推荐5：膜拜吧，闪耀教主——草莓多
- 推荐6：人鱼座眼泪——喵哆哆
- 推荐7：雪地里的星光——奈奈
- 推荐8：小心翼翼爱上你——安晴
- 推荐9：桃花小姐邪魅殿——宅小花
- 推荐10：真的是雪人哟——艾可乐

最魅丽！为你带来魅丽优品出品最值得期待的当季图书哦！

隆重庆贺

小妮子《女王•再见黑天鹅》登上当当榜销量榜首！

米米拉《变装小姐真心殿》第十次加印，全国销量过十万！

慕夏《半粒糖甜到伤②》短短两月加印三次，全国断货！（需要的同学赶紧买哦！）

填写此页并寄回魅丽优品，有机会得到指定作者亲笔回信！

读者调查表

姓名：　　　　年龄：　　　　性别：

QQ：　　　　电话：　　　　地址：

❶ 你买的这本书，书名是什么？

❷ 买这本书的原因是什么？（可多选）

A.喜欢的作者　B.封面和插图　C.装帧设计　D.故事简介吸引　E.被人推荐　F.赠品　G.价格

❸ 对这本书满意吗？最满意哪几点？

A.语言风格　B.故事情节　C.人物角色　D.封面和插图　E.装帧设计　F.价格　G.不满意

❹ 有没有在魅丽优品的淘宝店铺或魅丽商城购买过本公司的书？

A.有　B.没有　C.知道这两种渠道，但没有买过　D.不知道这两种渠道

❺ 在书店容易买到魅丽优品的书吗？

A.容易，想买的书都能买到　B.不容易，很难找到　C.只能找到一部分书

❻ 最喜欢看哪种类型的小说？（可多选）

A.青春校园　B.魔幻科幻　C.都市言情　D.穿越　E.悬疑恐怖　F.热门电视剧改编　G.其他

❼ 平时买杂志比较多还是图书比较多？

A.杂志　B.图书

❽ 以下哪种因素会成为你买杂志的首选原因？

A.内容　B.价格　C.设计风格　D.主编　E.广告　F.纸张质量　G.彩页多少

❾ 以下哪种因素会成为你购买图书的首选原因？

A.内容　B.价格　C.设计风格　D.作者　E.出版社　F.其他

❿ 通常通过以下哪种渠道购书（可多选）

A.新华书店　B.大型书城　C.民营书店　D.打折书店　E.报刊亭　F.书摊　G.二手书店　H.网络商城

⓫ 会购买明星写真集吗？

A.从不买　B.只买自己喜欢的明星的写真集　C.看价钱，如果太贵，就算是喜欢的明星的写真也不买

D.只要是喜欢的明星，多少钱都会买

⓬ 你是否认为魅丽优品的图书封面字体太花了，看不清？

A.是　B.否　C.偶尔　D.你不这样认为，但听其他人反映过这个问题

⓭ 您会被什么样的图书促销活动吸引？

A.打折　B.签售　C.买一赠一等赠送方式　D.互动活动获奖　E.其他

⓮ 您是否能接受购买旧书？

A.能　B.不能

⓯ 你想得到哪位作者的亲笔回信？

⓰ 今年看过的所有魅丽优品的书，最喜欢哪一本？

填写此页并寄回魅丽优品，有机会得到指定作者亲笔回信！

填写此页并寄回魅丽优品，有机会得到指定作者亲笔回信！